Una aventura prohibida

Y V O N N E L I N D S A Y

Editado por HARLEQUIN IBÉRICA, S.A.
Núñez de Balboa, 56
28001 Madrid

© 2012 Dolce Vita Trust. Todos los derechos reservados.
UNA AVENTURA PROHIBIDA, N.º 1921 - 19.6.13
Título original: A Forbbiden Affair
Publicada originalmente por Harlequin Enterprises, Ltd.

I.S.B.N.: 978-84-687-2764-6
Depósito legal: M-9812-2013
Editor responsable: Luis Pugni
Fotomecánica: M.T. Color & Diseño, S.L. Las Rozas (Madrid)
Impresión en Black print CPI (Barcelona)
Fecha impresion para Argentina: 16.12.13
Distribuidor exclusivo para España: LOGISTA
Distribuidor para México: CODIPLYRSA
Distribuidores para Argentina: interior, BERTRAN, S.A.C. Vélez
Sársfield, 1950. Cap. Fed./ Buenos Aires y Gran Buenos Aires,
VACCARO SÁNCHEZ y Cía, S.A.

Capítulo Uno

Las manos de Nicole temblaban de forma incontrolable al tratar de introducir la llave de contacto. El llavero se le volvió a caer y, tras recogerlo del suelo de su Mercedes Benz, se dio por vencida.

Se bajó del coche, dio un portazo y sacó el teléfono móvil del bolso. Menos mal que se había acordado de recogerlo de la mesa del vestíbulo después de abandonar airadamente la cena familiar, con lo que daba por concluidas todas las futuras cenas familiares.

Llamó a un taxi. Temblaba mientras esperaba a que llegara. Se alegró de no haber tenido tiempo de quitarse el traje de chaqueta de lana al llegar a su casa después de trabajar, ya que el aire de la noche otoñal era muy frío.

Su padre le había pedido que se pusiera elegante para cenar, pero pensó que a su padre no le importaría que se hubiera quedado trabajando en el despacho en vez de volver corriendo para vestirse. A fin de cuentas, si alguien tuviera que entender que dedicara su tiempo y energía a Wilson Wines, debía ser Charles Wilson, fundador y presidente de la empresa. Su padre le había dedicado la vida, y ella había pretendido seguir sus pasos.

Hasta esa noche.

Volvió a invadirla la ira. ¿Cómo se había atrevido su padre a menospreciarla de aquel modo y en presencia de un desconocido a todos los efectos, aunque fuera su hermano Judd, al que hacía mucho tiempo que había perdido de vista? Veinticinco años después de que el divorcio de sus padres hubiera dividido a la familia en dos, ¿qué derecho tenía Judd a volver y a reclamar responsabilidades que eran de ella? Trató de calmarse. No podía confiar en nadie salvo en sí misma.

Hasta Anna, su mejor amiga, había demostrado su verdadero rostro la semana anterior al volver a Nueva Zelanda desde Australia en compañía de Judd. Trató de convencer a Nicole de que se había limitado a cumplir las órdenes de Charles de buscar a Judd y llevarlo de vuelta para buscar una reconciliación. Pero Nicole sabía a quién era leal Anne, y ciertamente no era a ella, ya que, en caso contrario, le hubiera contado los planes de Charles.

El móvil comenzó a sonar insistentemente dentro del bolso.

—¿Dónde estás, Nicole? ¿Te encuentras bien?

Era Anna.

—Sí, estoy bien —respondió Nicole con voz cortante.

—Estás enfadada. Lo sé por el tono de voz. Siento lo que ha pasado, pero…

—¿Solo lo que ha pasado, Anna? ¿Y qué hay de tu viaje a Australia? ¿Y de traer a mi hermano de vuelta después de veinticinco años para que me arrebatara todo lo que es mío? Creí que éramos amigas, que éramos como hermanas.

–No podía contarte los planes de Charles. Créeme, por favor. Tuve que jurarle que guardaría el secreto. Ya sabes cuánto le debo. Sin su apoyo, mi madre y yo...

–¿Su apoyo? –Nicole cerró lo ojos para que no se le escaparan las lágrimas–. ¿Es que yo no cuento con el tuyo?

–Sabes que siempre lo has tenido, Nic.

–¿En serio? Entonces, ¿por qué no me dijiste que mi padre iba a sobornar a Judd ofreciéndole mi casa y la empresa?

–Solo la mitad de ella.

–Sí, pero con las acciones que le permiten controlarla, lo que equivale a darle toda la empresa.

El *shock* que había experimentado cuando su padre se lo había anunciado había sido terrible. Y se había sentido aún peor ante sus intentos de justificarlo:«Verás como encuentras a un hombre», le había dicho, «del que te enamorarás y, antes de que te des cuenta, estarás casada y tendrás una familia. Wilson Wines se convertirá en un pasatiempo para ti».

Su padre consideraba que sus años de trabajo, de dedicación y de compromiso con la empresa habían sido un simple entretenimiento. Nicole sintió que le hervía la sangre.

–Mi padre me ha dejado muy claro cuál es mi situación y, al apoyarle, tú has dejado muy claro de qué lado estás.

Anne le respondió con calma.

–Me tuve que enfrentar a un dilema irresoluble, Nic. Le rogué que te lo contara o que al menos te dijera que Judd iba a volver.

–Pues parece que no le rogaste lo suficiente. O tal vez podías habérmelo dicho tú, haberme llamado o enviado un correo electrónico. Sabías lo que suponía para mí, el daño que me haría. Y no hiciste nada.

–Lo siento mucho, Nic. Si tuviera que volver a hacerlo, actuaría de otra forma.

–El problema, Anna, es que ya no sé nada. Todo aquello por lo que me he esforzado, por lo que he vivido, se lo acaban de entregar a un hombre al que ni siquiera conozco. Ni siquiera sé si sigo teniendo casa, pues mi padre le ha dado la escritura a Judd. ¿Te has preguntado cómo te sentirías si estuvieras en mi lugar?

Las luces de un coche a lo lejos anunciaron la llegada del taxi.

–Tengo que dejarte. Necesito reflexionar.

–Hablemos de esto cara a cara, Nicole.

–No –respondió esta mientras el taxi se detenía–. Ya he dicho todo lo que tenía que decir. No vuelvas a llamarme.

Desconectó la llamada y apagó el móvil antes de meterlo en el bolso.

–Viaduct Basin –le dijo al taxista mientras se montaba en el vehículo. Esperaba que el alegre ambiente de bares y clubes del centro de Auckland la distrajera. Se retocó el maquillaje como pudo. Detestaba que sus enfados, poco frecuentes, siempre acabaran en lágrimas.

Se recostó en el asiento e intentó olvidar las palabras de su padre y su ligero tono de superioridad, que parecía indicarle que pronto se le pasaría la rabieta.

–Tendrá que pasar por encima de mi cadáver.

–¿Cómo dice, señorita? –le preguntó el taxista.

–Nada, perdone. Hablo sola.

Trató de contener las lágrimas que volvían a agolpársele en los ojos. Su padre había dañado la relación entre ambos para siempre, había hecho desaparecer la confianza existente entre Anna y ella y destruido la posibilidad de que entre Judd y ella se estableciera un vínculo de hermandad. Ya no podía confiar en nadie de la familia: ni en su padre, ni en su hermano, ni en su hermana ni, desde luego, en su madre, a la que no veía desde que se había llevado a Judd a Australia, donde ella había nacido, cuando el niño tenía seis años y Nicole uno.

Hacía mucho tiempo que ella se había convencido de que no necesitaba a su madre. Su padre lo había sido todo para Nicole. Pero ya de niña se había dado cuenta de que ella no bastaba para compensarle por la pérdida de su esposa e hijo. Eso la había llevado a esforzarse más, a ser una alumna ejemplar con la esperanza de que su padre estuviera orgulloso de ella. Desde el momento en que se percató de que lo que le importaba a su padre, su única ambición fue dirigir Wilson Wines.

Con Judd de vuelta, era como si ella no existiera.

Pero no se dejaría vencer por la conducta paterna, cuando se le pasara el enfado, ya se le ocurriría el modo de solucionar las cosas. Hasta entonces, su intención era divertirse.

Bajó del taxi, se soltó el pelo, que llevaba recogido en una cola de caballo, se desabrochó el botón superior de la chaqueta, con lo que quedó a la vista un sujetador de encaje, y se dirigió al primer bar que vio.

Nate, apoyado en la barra, miraba con desinterés a los que bailaban en la pista. Estaba allí por complacer a Raoul. Acudir a la despedida de soltero de su amigo era una pequeña recompensa por su trabajo para que Jackson Importers siguiera adelante después de la repentina muerte, el año anterior, del padre de Nate. Se había sentido muy aliviado al saber que Raoul llevaría las riendas del negocio hasta que él pudiera volver a Nueva Zelanda. Había tardado en abandonar la sucursal europea de Jackson Importers y encontrar a alguien que lo sustituyera, y le debía un gran favor a Raoul por sacarlo del atolladero.

De todos modos, se aburría. Estaba a punto de despedirse cuando la vio. La mujer bailaba con una sensualidad que despertó su instinto masculino más básico. Iba vestida como si acabara de salir de la oficina. Llevaba la chaqueta desabrochada lo justo para que se adivinaran sus senos. Y aunque la falda no era exactamente corta, sus largas piernas y los zapatos de tacón hacían que lo pareciera.

Sintió una punzada familiar en la entrepierna. De pronto, marcharse a casa dejó de ser una prioridad.

Se abrió paso entre los cuerpos para acercarse. Había algo en ella que le resultaba conocido. Su larga melena oscura se movía a un lado y a otro al ritmo de la música y él se la imaginó deslizándose por su cuerpo extendida sobre las sábanas de su cama.

Se aproximó bailando.

—Hola, ¿puedo acompañarte? —le preguntó sonriendo.

—Desde luego —respondió ella mientras se apartaba el pelo de la cara y mostraba unos ojos oscuros en los que un hombre se perdería y unos deliciosos y pecaminosos labios pintados de rojo.

Bailaron durante un rato sin tocarse. Una persona chocó con Nicole y la lanzó contra el pecho de Nate. Él la sujetó y ella lo miró con una sonrisa.

—Eres mi salvador —afirmó con un brillo malicioso en los ojos.

—Puedo ser lo que quieras —afirmó él inclinándose para hablarle al oído.

—¿Lo que quiera?

—Lo que quieras.

—Gracias —ella le rodeó el cuello con las manos.

En aquel momento, lo único que Nate deseó fue llevársela a su casa y a la cama.

No le gustaban las aventuras de una noche. Le gustaba calcularlo todo, la espontaneidad no era su fuerte, sobre todo en su vida privada. Sabía que había que ser precavido con los demás hasta conocer

9

sus verdaderos motivos. Pero la mujer que estaba entre sus brazos tenía algo por lo que estaba dispuesto a arriesgarse.

De pronto se dio cuenta de por qué le resultaba familiar. Era Nicole Wilson, la hija de Charles Wilson y su mano derecha en Wilson Wines. Había visto su foto en el dosier que había pedido a Raoul sobre las empresas de la competencia y, especialmente sobre el hombre que había sido el mejor amigo de Thomas, su padre. Tras una pelea llena de falsas acusaciones, Charles Wilson se había convertido en su peor enemigo.

En su adolescencia, Nate le había prometido que se vengaría de Charles. Thomas le había pedido que le prometiera que no lo haría mientras él viviera. Por desgracia, su padre había muerto, por lo que ya no tenía que seguir manteniendo su promesa.

Llevaba tiempo esperando el momento oportuno para su venganza. Había recogido información y planeado su estrategia. Y aunque no formara parte de sus planes, no iba a desaprovechar la oportunidad que le acababa de caer en los brazos.

No negaba lo mucho que Nicole lo atraía. Si aquello no funcionaba, seguiría con su plan. Pero si le salía bien, si ella respondía del mismo modo que él había reaccionado, su plan de vengarse de Charles Wilson daría un giro muy interesante.

***

Nicole sabía que había bebido mucho y que debería llamar para que un taxi la llevara a casa. Además, al día siguiente tenía que trabajar.

Al pensar en el trabajo y en su casa, se le hizo un nudo en el estómago, porque recordó la baja estima en que la tenía su padre. Antes había bloqueado el recuerdo bebiendo en compañía de unos conocidos que no veía desde que se había licenciado en la universidad. Y en aquel momento se estaba dejando llevar por la atracción que resultaba evidente entre dos personas jóvenes, sanas y en la flor de la vida.

La distancia entre ella y el hombre con quien bailaba era prácticamente inexistente. Ella rozó la parte inferior del cuerpo masculino con el suyo y soltó una risita.

–¿Me cuentas el chiste?

Ella apretó los labios y negó con la cabeza.

–Entonces, tendrás que pagar una prenda.

–¿Una prenda? –ella sonrió– ¿No irás a castigarme por estar contenta?

–No pensaba en un castigo.

En vez de reírse por lo que él acababa de decir, Nicole sintió una punzada de deseo.

–¿En qué habías pensado?

–En esto.

Ella no tuvo tiempo de reaccionar ni espacio para moverse en el caso de que hubiera querido evitar sus labios, inesperadamente fríos y firmes en los suyos.

Nicole sintió una descarga eléctrica en su interior y desapareció todo lo que había a su alrededor.

Lo único en lo que pensaba era en el contacto de los labios masculinos y en la deliciosa presión de su cuerpo cuando él le puso las manos en las caderas y la atrajo hacia sí.

Siguieron moviéndose al ritmo de la música. La pelvis de Nicole se frotaba contra la de él, y ella, al percibir la excitación de Nate, deseó algo más que el contacto a través de la ropa.

Trató de reprimir el gemido que pugnaba por salir de su garganta cuando él retiró los labios.

Abrió los ojos. Con aquella luz era difícil saber de qué color tenía él los ojos, pero eran poco comunes. Su mirada la tenía fascinada. ¿No hacían lo mismo los animales con sus presas? ¿Estaba a punto de ser devorada?

—Así que esa era la prenda —afirmó ella con la voz ronca de deseo.

—Solo es una de muchas.

—Qué interesante.

Trató de controlarse para no agarrarle la cara y repetir la experiencia. Mientras la había besado se había olvidado de todo: de quién era, de por qué estaba allí, de lo que ya no podía seguir deseando...

Y le había gustado. Mucho. Quería repetir.

—¡Eh, Nic!

Amy, una de sus conocidas, apareció a su lado al tiempo que Nate la soltaba.

—Nos vamos a otro club. ¿Vienes? —le gritó su amiga para que la oyera por encima de la música.

—No. Tomaré un taxi más tarde.

–Vale. Ha sido estupendo que nos hayamos encontrado. A ver si nos vemos más a menudo.

Amy se marchó.

–¿Estás segura de que no quieres irte con tus amigos? –le preguntó Nate.

–No, ya soy mayorcita y sé cuidar de mí misma.

–Estupendo. Me llamo Nate.

–Yo, Nicole –contestó ella mientras volvía a bailar.

La distrajo el flash de una cámara, pero pronto volvió a centrarse en Nate, que bailaba muy bien. Sus movimientos parecían surgir de forma natural. Y, además, era muy guapo.

Tenía el pelo castaño, pero no tan oscuro como el de ella, y un rostro masculino y elegante. Y esos labios… Estaba dispuesta a aceptar lo que tuvieran que ofrecerle.

–¿He aprobado el examen? –preguntó él.

Ella sonrió.

–Sí.

Él se echó a reír. El sonido de su risa era precioso. ¿Había algo en él que no fuera maravilloso?

La multitud que los rodeaba comenzaba a disminuir, por lo que Nicole pensó que la noche iba a terminar. Le dolían los pies por llevar varias horas bailando con tacones y sentía los efectos de haber bebido en exceso. No le hizo ninguna gracia que la realidad irrumpiera cuando se lo estaba pasando tan bien. Nate le dijo algo, pero ella, debido a la música, no lo entendió.

–¿Qué has dicho?

–Que si quieres algo de beber.

Ya había bebido demasiado, pero asintió.

–¿Aquí? ¿O prefieres que vayamos a mi casa?

Ella sintió un escalofrío de excitación. ¿Le estaba proponiendo lo que ella creía? Nunca había hecho nada así: ir a casa de un tipo a tomar algo sin amigos que la acompañaran. Pero, por alguna razón, le pareció que podía confiar en Nate y, de paso, averiguar si la energía que parecía haber entre ambos era real.

–Vamos a tu casa.

Él sonrió.

–Estupendo –respondió tomándola de la mano.

Ella apartó de la mente todo pensamiento de peligro. Aquella noche estaba dispuesta a arriesgarse.

Además, ¿qué era lo peor que podía ocurrirle?

Capítulo Dos

Nate vio que Raoul lo miraba mientras salía con Nicole. Le hizo un gesto con la cabeza y su amigo le guiñó el ojo, pero su expresión cambió al reconocer quién era ella. Nate reprimió una sonrisa de superioridad.

En los años que llevaba tramando cómo humillar a Charles Wilson nunca se había imaginado que su hija fuera a estar en sus brazos y que se sintiera enormemente atraído por ella. Sería idiota si no aprovechaba semejante oportunidad. Pero tenía que ser precavido y no comenzar la casa por el tejado. Después de tomar algo en su casa, podría llamar a un taxi para que la llevara a su domicilio, pero algo le decía que sería poco probable.

Abrió el Maserati que los esperaba junto a la acera.

—Un coche muy bonito —comentó ella mientras Nate le abría la puerta.

—Me gusta viajar con estilo.

—Y a mí me gusta eso en un hombre.

Estaba seguro de que así era. A ella nunca le había faltado de nada en la vida. Todo lo contrario. Y cabía esperar que sus exigencias con respecto a un hombre fueran elevadas.

A diferencia de Nicole, él sabía lo que costaba conseguir algo. Su padre se lo había demostrado durante casi toda su infancia. Después de que Charles Wilson lo echara de la empresa que habían creado juntos, Thomas tardó años en recuperar la credibilidad y crear su propia empresa. Y aunque había hecho lo imposible para proteger a su único hijo, la experiencia había marcado a Nate, y de ella había extraído dos reglas que regían su vida: la primera era tener mucho cuidado a la hora de confiar en alguien.

La segunda era que todo valía en la guerra y en el amor.

Nate arrancó y se dirigió a la autopista que iba hacia el noroeste.

–¿Vives en el oeste?

–Sí. Tengo dos casas, pero mi hogar está en Karekare. ¿Sigues queriendo esa copa?

Vio que ella tragaba saliva antes de responder.

–Sí, hace siglos que no voy a Karekare.

–Sigue prácticamente igual: hermoso y salvaje.

–¿Como tú? –le preguntó ella con los ojos brillantes.

–Más bien como tú.

Ella rio.

–Tus palabras son un bálsamo para un alma herida.

–¿Herida?

–Cosas de familia. Es muy complicado y aburrido para contártelo.

Nate se había enterado de la vuelta del hijo pródigo al hogar de los Wilson. ¿Era ese el problema de Nicole?

—El viaje es largo. Estoy dispuesto a escucharte si quieres hablar de ello.

Ella lanzó un profundo suspiro.

—Me he peleado con mi padre. Aunque parezca un tópico, no me entiende.

—¿No es esa una prerrogativa de los padres?

—Supongo —reconoció ella riéndose—. Pero me siento utilizada. Llevo toda la vida tratando de estar a la altura, de ser la hija perfecta, la trabajadora perfecta... Bueno, perfecta en todos los aspectos. ¡Y mi padre cree que lo que tengo que hacer es sentar la cabeza y tener hijos! No me valora en absoluto. Llevo cinco años ayudándole en la empresa familiar y dice que solo es un pasatiempo para mí.

—¿Por esa discusión has ido al club esta noche?

—En efecto. No podía quedarme bajo el mismo techo con él ni un segundo más. ¡Ah, no! Ya no es su casa, ni la mía. Se la ha dado a mi querido hermano —resopló enfadada—. Perdona. Será mejor que cambiemos de tema. Hablar de mi familia me pone de mal humor.

—Lo que la señora desee —contestó Nate, aunque ardía en deseos de saber más cosas sobre la situación familiar de los Wilson.

—Eso está mejor. Me encanta esa actitud.

—¿No es la que siempre adoptan los demás contigo?

Nicole se giró ligeramente en el asiento y lo miró.

—Lo dices como si me conocieras.

—No me has entendido bien. Creo que una mujer como tú consigue lo que desea sin problemas.

Ella volvió a resoplar y cambió de tema.

—Háblame de tu casa. ¿Tiene vistas al mar?

Él asintió.

—Me encanta la costa oeste: las playas de arena negra, las olas salvajes…

—¿Haces surf?

—No, siempre me ha dado miedo. Hay líneas que no cruzo. Soy hija única y mi padre me ha sobreprotegido.

—¿Hija única? Acabas de mencionar a un hermano.

—Vivía con nuestra madre hasta hace poco. ¿Por qué volvemos a hablar de ese tema?

Él la miró. Sus manos anhelaban acariciarle el rostro. Volvió a concentrarse en la carretera. Sí, la deseaba. Y estaba dispuesto a tenerla. Pero no podía perder el control.

—¿Y tú? –preguntó ella–. ¿Cómo es tu familia?

—Mis padres han muerto: mi madre, cuando estaba en la universidad; y mi padre recientemente. No tengo hermanos.

—¿Así que estás completamente solo? ¡Qué suerte! –ahogó un grito al darse cuenta de su falta de tacto–. Lo siento, no debí haber dicho eso.

—No importa. Los echo de menos, pero estoy contento de que hayan compartido mi vida. Mi padre fue un excelente ejemplo para mí. Se dejó la vida, en sentido literal, para que no nos faltara de nada, y yo traté de compensárselo después de licenciarme, y empecé a trabajar en la empresa familiar.

Nate no le ofreció detalles a propósito. No iba a decirle de quién era la culpa de que su padre hubiera tenido que trabajar así.

Cambió de tema al tomar la salida de la autopista que los conduciría a la playa.

−¿Qué te parece hacer surf este fin de semana?

−¿Este fin de semana?

−¿Por qué no te quedas? ¿Tengo tablas y trajes de neopreno de sobra?

−¿Y ropa también? −señaló su enorme bolso, que estaba en el suelo del coche−. Aunque sea grande, no es una maleta.

Él se echó a reír.

−Haremos las cosas sobre la marcha. ¿Te fías de mí?

−Claro. Si no lo hiciera, no estaría aquí.

Él extendió la mano, tomó la de ella y le acarició la muñeca con el pulgar.

−Muy bien.

Volvió a agarrar el volante. Vio por el rabillo que ella se acariciaba la muñeca. Sonrió satisfecho. La noche iba de maravilla.

Al quedarse en silencio, Nicole se preguntó por qué se fiaba de él. Era instintivo, ya que no lo conocía.

Se dijo que se merecía una noche como aquella. Su cuerpo le decía que Nate era el hombre adecuado para conseguir que se olvidara de todos sus problemas, al menos esa noche.

La piel todavía le cosquilleaba donde le había acariciado. ¿Esperaba hacer el amor con ella? Solo de pensarlo, una oleada de deseo la recorrió de arriba abajo. Nunca había reaccionado con aquella intensidad ante nadie. Le bastaba mirar sus manos en el volante y cómo sus largos dedos se doblaban en torno al cuero para desear que estuvieran sobre ella, dentro de ella. Apretó los muslos con fuerza. El mero pensamiento de que la acariciara estaba a punto de hacerla explotar. ¿Cómo sería cuando lo hiciera?

Carraspeó para deshacer el nudo que se le había formado en la garganta.

–¿Estás bien? –preguntó Nate.

–Sí. Es un largo trayecto de la ciudad a tu casa. ¿Trabajas en la ciudad?

–Sí. Tengo un piso allí para pasar las noches en que estoy demasiado cansado para conducir hasta Karekare, aunque duermo mejor con los sonidos del mar y del bosque.

–Suena idílico.

–Pronto lo comprobarás por ti misma.

Ella se quedó callada. Y debió de dormirse, ya que de pronto el Maserati subió una empinada cuesta y se introdujo en un garaje bien iluminado. Miró el reloj: eras casi las dos de la mañana. Estaba muy lejos de sus conocidos y de su hogar, pero no se inquietó. Había llegado hasta allí por elección propia.

–Hogar, dulce hogar –dijo Nate mientras le abría la puerta del coche.

Nicole aceptó su mano para bajar. Él no la soltó, sino que la condujo hasta la puerta de la casa, que, una vez abierta, dio paso a un enorme espacio abierto que hacía las veces de comedor, salón y cocina. Los muebles y la decoración eran sencillos pero caros.

–¿Te sigue apeteciendo una copa? –preguntó Nate mientras se llevaba la mano de ella a los labios y la besaba.

–Por supuesto. ¿Qué vamos a tomar?

–Hay champán en la nevera, o podemos tomar una copa de licor.

–Mejor lo segundo.

Algo fuerte y que se subiera a la cabeza. Nate la soltó para ir al mueble bar a servir las bebidas. Ella se acercó al ventanal y escuchó el sonido de las olas. Vio a Nate, que se acercaba con las copas, reflejado en el cristal.

–Vamos a brindar –afirmó él.

–¿Por qué? –preguntó ella mientras agarraba la copa y la alzaba hacia el reflejo de Nate.

–Por dos almas heridas y por que sanen.

Ella asintió y bebió. Era whisky.

–Está muy bueno –dijo volviéndose hacia él. Se quedó sin aliento al ver su mirada.

–Es el mejor –afirmó él mientras acercaba su rostro al de ella.

El corazón de Nicole se aceleró. Si aquel beso fuera a ser como el del club, se moría de ganas de recibirlo. Entreabrió los labios, fijó la mirada en la boca masculina y cerró los ojos cuando él puso sus labios en los de ella y le lamió suavemente el inferior.

–A esto lo llamo yo lo mejor –dijo él.

Apretó sus labios contra los de ella, le rodeó la espalda con un brazo y la atrajo hacia sí. Él ya estaba excitado, lo cual hizo que la sangre de Nicole corriera más deprisa por sus venas. Apretó las caderas contra él y sintió la dureza y longitud de su excitación. Su cuerpo respondió con deseo, humedad y calor.

Los labios y la boca de Nate sabían a whisky. Cuando él se echó hacia atrás, su cuerpo fue a buscarlo como si una fuerza magnética la atrajera.

Nate dejó las copas en un estante cercano. Después le introdujo las manos en el cabello para atraer su cara hacia sí. Esa vez la besó con mas deseo, como si le hiciera una promesa de lo que iba a suceder.

Nicole le sacó la camisa del pantalón e introdujo las manos por debajo. Le arañó levemente con las uñas mientras sus dedos le recorrían la columna vertebral. Se dijo por última vez que no debería estar allí ni haciendo aquello. Pero el deseo venció a la lógica.

Él la deseaba. Ella lo deseaba. Era algo básico y primario, y era lo que Nicole necesitaba en aquel momento. Eso y un montón de satisfacción.

Nate le desabrochó la chaqueta. Sus manos eran anchas y cálidas. Le rodeó la cintura y subió hacia el sujetador.

Se separó de los labios de Nicole y recorrió con los suyos su mandíbula y el cuello. Ella notó que se le hinchaban los senos y se le endurecían los pezones hasta el punto de hacerle daño al rozarse con el satén del sujetador. Cuando él le rozó uno con la punta de la lengua, se estremeció como si hubiera recibido una descarga eléctrica. Él concedió la misma atención al otro, y fue como si le hubiera atravesado el corazón con una lanza.

La lengua de Nate recorrió el borde del sujetador hasta descender por el valle entre ambos senos. Ella comenzó a jadear mientras el corazón se le desbocaba. Sintió la mano masculina en la espalda que le desabrochaba el sujetador dejándole los senos libres. A continuación le quitó la chaqueta y le empujó los tirantes del sujetador para que cayeran. Después tiró las prendas al suelo.

Atrapó uno de sus pezones con los dientes y lo lamió con su lengua ardiente. A Nicole comenzaron a temblarle las piernas y se aferró a él, a punto de perder el sentido por el placer que le producía. Apenas se dio cuenta de que las manos masculinas bajaban a su falda. La prenda fue a parar a sus pies, junto a las otras.

Vestida solo con unas minúsculas braguitas y los zapatos de tacón, hubiera debido sentirse vulnerable cuando Nate acarició cada centímetro de su piel con la mirada. Pero se sintió deseada y poderosa.

–Dime lo que quieres –le pidió él.

–Quiero que me acaricies.

–Dime dónde.

Ella se agarró los senos y los elevó ligeramente.

–Aquí –dijo con voz ronca.

–¿Y…?

Ella bajó la mano hasta el elástico de las braguitas.

–Aquí –le tembló la voz al sentir el calor que había entre sus piernas y la humedad que esperaba las caricias masculinas.

–Dime lo que te gusta –dijo él poniendo la mano encima de la suya.

–Esto –afirmó ella mientras introducía su mano y la de él por debajo de la tela.

Condujo la mano masculina con la suya hasta la abertura y las sumergió en la humedad antes de volver a llevarlas hacia arriba, hasta el botón que pedía a gritos que lo acariciaran. Primero rodeó aquel punto sensible con sus dedos, después con los de él, aumentando la presión para luego disminuirla y repetir el ciclo.

–Sigue acariciándote –pidió el mientras llevaba la mano más abajo hasta alcanzar los suaves pliegues de su piel.

La agarró con el otro brazo para sostenerla mientras se aproximaba más a ella. Nicole notó la tela de los pantalones masculinos en los muslos desnudos antes de concentrarse únicamente en que él le estaba introduciendo un dedo, luego otro. Sus músculos los aferraron mientras él los deslizaba arriba y abajo y le acariciaba con cuidado las paredes internas.

La inundó una oleada de calor y placer. La

unión de las caricias de ambos la llenó de una abrumadora conciencia de la presencia masculina, de su fuerza y de su poder sobre ella. Nunca había experimentado nada igual.

Nate se inclinó ligeramente y atrapó uno sus pezones con la boca y lo succionó con fuerza. Mientras lo hacía, ella notó que aumentaba la presión de sus dedos en su interior, lo cual bastó para que el placer fuera tan intenso, tan inconmensurable, que le fallaron las piernas.

Todo su cuerpo experimentó una sacudida con la intensidad del orgasmo. Notó que Nate se retiraba de su interior, a pesar de que sus músculos seguían contraídos.

Él la tomó en sus brazos y la llevó a una habitación oscura.

Nicole logró darse cuenta de que era su dormitorio mientras él la depositaba sobre la cama. A la luz de la luna que entraba por la enorme ventana, vio que él se desnudaba y desvelaba toda su belleza ante sus ojos. Él le quitó los zapatos y, después, sus manos comenzaron a subir por sus piernas. Cuando llegó a las braguitas, se las quitó lentamente, le abrió las piernas y se situó en medio de ellas.

Se inclinó hacia la mesita de noche, sacó una caja de condones y se puso uno. Ella le colocó las manos en los hombros. A pesar de su evidente excitación, se situó frente a la entrada del cuerpo de ella con movimientos lentos, controlados y deliberados. La miró a los ojos dándole, incluso en aquel momento, la oportunidad de cambiar de idea, de decidir lo que quería. Ella le respondió echando la pelvis hacia delante para darle la bienvenida.

Nate la besó con labios tan ardientes como los de ella, le acarició la boca con la lengua mientras se introducía en su interior. Los músculos de ella se extendieron al ajustarse a su tamaño. Le puso las manos en la cabeza e introdujo los dedos en su cabello, mientras él la sostenía, y lo besó con toda la fuerza que le quedaba.

Su cuerpo revivió cuando él comenzó a moverse con embestidas poderosas y profundas, tan profundas, que a ella le pareció que le llegaban al alma antes de volver a hundirse en el abismo del placer sexual. Él se puso rígido y soltó un grito ahogado de liberación mientras alcanzaba el clímax entre escalofríos y ella lo apretaba rítmicamente con su cuerpo.

Volvieron a besarse mientras él se tumbaba sobre ella. Aquello era real, él era real.

Lo que habían hecho superaba todas sus experiencias anteriores y, por último, cuando la venció el sueño, desaparecieron los problemas y preocupaciones de su vida.

Capítulo Tres

Cuando Nate se despertó se dio cuenta de que se había quedado dormido no solo encima de Nicole, sino también dentro de ella. Se apartó con cuidado para no despertarla. Buscó la punta del preservativo, pero no la halló. Se apartó aún más de ella y su cuerpo echó de menos inmediatamente su calor.

El preservativo seguía en el interior de Nicole. Aterrorizado, se preguntó si tomaría la píldora, pero se calmó de inmediato: una mujer como ella no dejaría nada al azar. Era poco probable que tuvieran que preocuparse por un posible embarazo.

No, era el momento de centrarse en el placer. Se moría de ganas de repetir la experiencia.

Buscó el preservativo entre las piernas de Nicole y se lo sacó con cuidado. Fue al cuarto de baño a tirarlo. Al volver a tumbarse se puso otro preservativo y la atrajo hacia sí.

Ella se acurrucó instintivamente contra su cuerpo y abrió los ojos sonriendo. Él le acarició la mejilla. Una cosa era saber por Raoul que Nicole Wilson era una mujer atractiva con una habilidad increíble para los negocios, y otra descubrir que además era una amante cálida y generosa.

27

Devolver a Nicole a su padre había dejado de ser una posibilidad. Con un poco de suerte, la ira de ella contra su padre y su hermano sería lo suficientemente profunda para que los abandonara y se pasara a Jackson Importers... y a la cama de Nate, con lo que su empresa triunfaría y sus noches serían muy satisfactorias.

Claro que cabía la posibilidad de que prevaleciera la lealtad de ella a su familia, lo que implicaría recurrir a métodos más creativos para mantenerla a su lado. No quería hacerle daño: su objetivo era Charles. Pero si alterarla un poco era el precio de su venganza y de que se quedara con él, estaba dispuesto a pagarlo.

—Eres hermosa —afirmó él con sinceridad.

—Está oscuro —replicó ella en tono ligeramente burlón—. Todos somos hermosos en la oscuridad porque no se ve nuestro lado malo.

—Tú no lo tienes —se inclinó y la besó.

—Todos lo tenemos. Simplemente, a veces lo ocultamos.

Sus labios se unieron en un estallido de deseo. Esa vez, el fuego interior de Nate no lo desbordó como le había sucedido la vez anterior, pero su deseo de ella no había disminuido. La saborearía lenta y completamente.

El tiempo desapareció y lo único importante fue dar y recibir placer. Cada caricia estaba destinada a producir un gemido o un suspiro en el otro, cada beso era una promesa de lo que iba a suceder.

Y cuando ella se puso encima de él y descendió

sobre su tersa carne, él se rindió por completo a sus exigencias.

Ese clímax no fue menos intenso que la primera vez, y cuando Nicole se desplomó en sus brazos y rápidamente se quedó dormida, él se aseguró de que no volviera a suceder el mismo accidente con el preservativo.

Cuando Nate se despertó, el sol se filtraba por la ventana. Extendió el brazo. La cama estaba vacía. Se sentó en el borde y se desperezó.

—Bonita vista —dijo una voz detrás de él.

Él se volvió despacio y sonrió al ver que Nicole había encontrado la cámara de video que utilizaba para filmar los restos que dejaban las olas en la playa.

—¿Tienes licencia para usarla? —preguntó él.

—Me gusta aprender sobre la marcha —respondió ella.

Solo llevaba puesta la camisa de él, que le dejaba las largas piernas al aire.

La sangre de Nate comenzó a correr más deprisa.

—Me parece que se subestima la experiencia práctica, ¿no crees? —ya estaba completamente excitado, y se le acababa de ocurrir una idea.

—Por supuesto. Y también el valor de las ayudas visuales.

Nate se dijo que le había leído el pensamiento.

—Tengo un trípode.

Ella se echó a reír y él tuvo que contenerse para no lanzarse sobre ella.

–Yo diría que más de uno –afirmó Nicole bajando el objetivo de la cámara y volviendo a subirlo al rostro de él.

Era traviesa, y a él eso le gustaba en una mujer.

–Voy a por el otro –dijo él guiñándole el ojo.

Pasó a su lado y la besó en los labios.

–¿Por qué no te vas poniendo cómoda en la cama? Tardaré un minuto.

Tardó menos, y colocó el trípode en diagonal con respecto a la cama. Ella le dio la cámara. Tenía las mejillas encendidas y los ojos brillantes. Los pezones endurecidos, que se percibían a través de la camisa, demostraban su excitación. Él colocó la cámara en el trípode.

–¿Estás segura de esto?

–Totalmente. Y después, cuando lo veamos, podremos analizar qué hay que mejorar.

Nate pensó que era imposible hallarse más excitado de lo que estaba.

–¿Por dónde te parece que empecemos? –preguntó.

–Creo que tengo que conocerte mejor –dio una palmada en el borde de la cama–. ¿Por qué no te sientas?

Lo hizo. Ella se puso de rodillas sobre la alfombra y colocó las manos en la parte externa de los muslos masculinos.

–Me parece –prosiguió– que anoche todo giró en torno a mí, por lo que hoy lo hará en torno a ti.

Un ligero temblor recorrió el cuerpo de Nate mientras observaba que las manos de ella le acariciaban los muslos de arriba abajo, cada vez un poco más cerca de la parte interna.

–¿Te gusta? –preguntó ella.

Incapaz de hablar, él se limitó a asentir.

–¿Y esto?

El cerebro de Nate estuvo a punto de estallar cuando ella se inclinó y le rozó con la lengua la punta del miembro excitado, que experimentó una sacudida y segregó una gota que ella rápidamente lamió. El pelo de Nicole le rozaba los muslos y le impedía verle la cara. Él se lo apartó y lo mantuvo recogido en su nuca con la mano. Quería verlo todo. Y que la cámara también lo hiciera.

Nicole experimentó una extraña sensación de posesión al acariciar levemente con la lengua la erección de Nate, de arriba abajo. Sintió el calor que despedía mientras lo hacía y cómo temblaba él tratando de no perder el control. Pero lo perdió cuando ella lo tomó en la boca.

Nate lanzó un sonido gutural, y ella supo en qué momento iba a alcanzar el clímax. Aumentó la presión de la boca y de la lengua y el ritmo de los movimientos hasta que él lo alcanzó. Disminuyó el ritmo mientras tomaba la última gota de la esencia masculina y él volvía a gemir y caía sobre la cama.

Ella se tumbó de lado, apoyada en un codo, y le acarició el estómago y el pecho hasta que él recuperó el aliento. Nicole pensó que la velocidad a la que se recuperaba decía mucho a favor de su condición física y su energía. Él extendió el brazo y la atrajo hacia sí para besarla. Comenzaba a excitarse de nuevo, y ella se sintió de maravilla al saber que era por su causa.

–Debe ser hora de desayunar –afirmó con los labios casi pegados a los de él.

–Todavía no. Cuando tengamos más ganas. Y creo que te deberías quitar la camisa.

Se la desabrochó y tomó uno de sus senos en la mano mientras le acariciaba con el pulgar el pezón endurecido.

–Ya tengo muchas ganas.

Él le quitó la camisa y se tumbó sobre ella.

Lo que siguió fue un curso de cómo proporcionar mucho placer en muy poco tiempo. Nate se aplicó y le demostró lo habilidoso que era con accesorios muy simples: la punta de la lengua, el aliento, la caricia con la punta de los dedos…

Ella estaba a punto de suplicar, de gritar, cuando él se puso un condón y finalmente la penetró llevándolos a ambos al reino del júbilo.

La cámara lo grabó todo.

Esa mañana marcó la pauta de los tres días siguientes. De vez en cuando se levantaban para bañarse o comer, hasta que la fascinación mutua que experimentaban los llevaba de vuelta a la cama.

El lunes por la mañana, Nicole estaba exhausta, física y emocionalmente. La noche anterior, mientras trataban de comer como dos personas civilizadas, habían visto el video que habían grabado. Pero la comida se había enfriado en los platos porque la acción en la pantalla había vuelto a despertarles el deseo.

Nate seguía durmiendo a su lado. Nicole se sorprendió de lo natural que le resultaba estar con él, ya que apenas se conocían. En el trabajo, sus compañeras hablaban y se reían sobre sus aventuras de una noche con tipos a los que no esperaban, y en algunos casos no deseaban, volver a ver, y ella nunca había pensado que se vería en semejante situación.

Los días pasados con Nate le parecían unas vacaciones, no solo del trabajo y la responsabilidad, sino de sí misma. No le importaba que el viernes anterior la hubieran estado esperando en el despacho. No había dicho a nadie dónde estaba, ni había consultado los mensajes de su móvil.

¿Qué más daba si los abandonaba a todos, a su padre; a su hermano, al que no conocía; a su mejor amiga, ya que era evidente que ella les traía sin cuidado?

Se dijo que no daba igual. El jueves estaba muy enfadada y se había portado de una forma impropia de ella. En su fuero interno sabía que su familia y Anna la querían y que estarían preocupadas por su paradero.

La persona que estaba en la cama con un desconocido no era ella. Se lo había pasado muy bien, desde luego, pero todo tenía que acabar en algún momento.

La invadió un sentimiento de culpa que hizo que se levantara y fuera al cuarto de baño, donde se echó a llorar. Se había portado de forma irracional y estúpida. Los veintiséis años de su vida tenían sus raíces en el otro lado de la ciudad, en su hogar, con su familia. ¿Qué importaba que su padre le hubiera entregado las escrituras a Judd? Era evidente que su hermano no iba a echarla a la calle. Él, al igual que Anna, era una víctima de las artimañas paternas.

En cuanto a su padre... Le sería difícil perdonarlo, pero no podía olvidar que la había cuidado y protegido toda la vida. Y seguía siendo su padre. Tenían que llegar a un acuerdo, y ella estaba dispuesta a dar el primer paso.

Se lavó la cara, salió del cuarto de baño y cruzó silenciosamente el dormitorio. Al cerrar la puerta soltó el aire que no se había dado cuenta de estar reteniendo. ¡Por Dios! Ya era mayorcita para decidir por sí misma. El fin de semana había sido fabuloso, justo lo que necesitaba, pero no había necesidad de escabullirse como si fuera una ladrona.

Fue al lavadero a recoger la ropa interior que había lavado y el traje de chaqueta, que había cepillado y colgado en una percha. Se vistió. Agarró el bolso, se cepilló el cabello, se lo recogió con una goma y volvió al dormitorio a por los zapatos. Tendría que llamar a un taxi para ir a trabajar.

Nate estaba despierto.

—¿Vas a algún sitio? —le preguntó mientras ella se ponía los zapatos.

—Sí, es hora de volver a la realidad. Ha sido un fin de semana estupendo, gracias.

—¿Ya está?

—¿Qué? ¿Quieres más?

–Siempre quiero más, sobre todo de lo que hemos hecho.

–No he dicho que no quiera volver a verte.

–Pero lo has dado a entender.

Nicole le dirigió una mirada nerviosa.

–Mira, tengo que ir a casa y luego a trabajar.

–No.

Nicole comenzó a tener miedo.

–¿Qué quieres decir?

–Quiero decir que vas a trabajar conmigo.

Nate se levantó, agarró los vaqueros que se había quitado la noche anterior y se los puso tranquilamente. Nicole trató de no mirarlo. La atracción sexual no podía distraerla. ¿A qué demonios se refería al decir que iba a trabajar con él? Ni siquiera sabía a lo que Nate se dedicaba. Y él no sabía nada de ella... ¿o sí?

–Creo que no me has entendido. Tengo un empleo que me encanta y una familia a la que...

–No me digas que los quieres, Nicole, después de lo que te han hecho.

Ella se arrepintió de haber hablado demasiado en el coche.

–Sigue siendo mi familia. Por lo menos tengo que aclarar las cosas.

–Creo que no se lo merecen. Además, pronto estarán claras.

–¿De que demonios hablas? –preguntó ella cruzando los brazos.

–Cuando tu familia sepa con quién has pasado el fin de semana, dudo mucho que te reciban con los brazos abiertos. No le caigo muy bien a tu padre –esbozó una media sonrisa, como si se estuviera riendo de un chiste que solo él entendía.

–¿Por qué iba a importarle con quién he pasado el fin de semana? –preguntó ella con brusquedad.

Nate se le acercó.

–Porque soy Nate Hunter Jackson.

¿Nate Hunter? ¿El multimillonario que llevaba una vida apartada, el nuevo director de Jackson Importers, que buscaba la ruina de la empresa de su familia? Su padre nunca había tenido palabras amables para Thomas Hunter ni para sus empleados.

Pero ¿había dicho Nate Hunter Jackson?

–Ya veo que has establecido la relación –prosiguió él con frialdad–. Sí, soy el hijo de Thomas Jackson. ¿No es gracioso? Durante todo el tiempo que tu padre acusó al mío de estar con tu madre, en realidad, mi padre estaba con mi madre.

Nicole lo miró horrorizada. La cabeza comenzó a darle vueltas. ¡No solo había estado acostándose todo el fin de semana con un desconocido, sino con el enemigo!

Capítulo Cuatro

Nate observó la expresión de sorpresa y consternación de Nicole al darse cuenta de la situación.

—¿Así que ya sabías quién era? ¿Este fin de semana solo he sido un instrumento para vengarte de mi familia? —preguntó ella con voz temblorosa, lo que revelaba lo mucho que la habían alterado las palabras de Nate.

Este reconoció para sí que había comenzado siendo eso, pero después de haber tenido relaciones íntimas con ella, sabía que la venganza era lo último en lo que había pensado. Al menos, en vengarse de ella. Su padre, desde luego, era otra historia.

—¿Me estabas persiguiendo? —prosiguió ella.

—Nos conocimos por casualidad, una feliz causalidad —extendió el brazo y recorrió el perfil de sus labios con el dedo—. Y no me arrepiento de un solo segundo del tiempo que hemos estado juntos.

Ella apartó la cabeza con brusquedad.

—Claro que no —dijo enfadada—. Pues se te ha acabado el jueguecito. Me vuelvo con mi familia y a mi trabajo.

—Me parece que no —respondió él tranquilamente, al tiempo que se cruzaba de brazos.

–¡No dirás en serio eso de que trabaje contigo!

–Totalmente en serio.

–No –Nicole retrocedió un paso y extendió el brazo–. De ninguna manera lo haría, ni siquiera aunque mi padre no quisiera que trabajara en Wilson Wines. Destruiría nuestra relación. Tal vez no me comprenda como yo esperaba, pero es mi padre, y no voy a hacerle eso.

–¿Hablas del hombre que te ha dicho que Wilson Wines es un entretenimiento para ti?; ¿del hombre que, sin hablarlo contigo, su mano derecha, ha cedido el control de la empresa a alguien que es un completo desconocido tanto para él como para ti?

–Para –gimió ella–. Ya sé lo que ha hecho, no hace falta que me lo digas. Pero es mi padre, y siempre le seré leal.

–¿En serio? ¿Por qué? Incluso le ha cedido tu casa, Nicole, también si avisarte y sin asegurarte que seguirás teniendo un techo. ¿No te has preguntado qué clase de hombre hace algo así a su hija?

Nate estaba furioso, no con Nicole, sino con su padre, la causa de su desgracia; el hombre que, al rechazar a su mejor amigo, lo había destrozado moralmente y lo había dejado en una situación financiera desastrosa; el hombre que nunca apoyaba a su hija y al que ella le perdonaba cualquier insulto con tal de ganar su aprobación.

–Te mereces mucho más, Nicole. Eres fuerte, inteligente y muy competente. Deberías trabajar donde se te valorara. Piensa en el equipo que formaríamos. Seríamos la mejor empresa del mundo.

Ella lo miró con los ojos empañados de lágrimas y él no quiso hacer caso de la punzada de remordimiento que sintió en el pecho. No podía permitirse ser blando. Si ella no cedía, tendría que hacerle mucho más daño, a pesar de que no lo deseara. Todo valía en la guerra y en el amor. Y aquello era la guerra.

–Tu lealtad a tu padre es encomiable, pero no se la merece. Trabaja conmigo. Ayúdame a desarrollar todo el potencial de Jackson Importers.

Ella tragó saliva antes de hablar.

–¿Y tú qué ganas? No esperarás que me crea que lo haces por bondad.

Él se echó a reír.

–Claro que no, soy un empresario. Siempre juego para ganar, a cualquier precio.

–No voy a trabajar para ti. Me marcho. No eres la persona que creía, Nate. No puedo hacer lo que me pides.

–No te lo estoy pidiendo

–Supongo que tengo voz y voto en este asunto –afirmó ella mientras se daba la vuelta y se dirigía a la puerta.

–Por supuesto –reconoció él. Ella se detuvo al oír sus palabras–. Pero yo también. Y tengo un as en la manga.

–No me había percatado de que se tratara de un juego.

–No lo es –dijo él sonriendo, aunque su voz había perdido toda calidez–. Pero, de todos modos, voy a ganar yo –señaló la cámara que seguía en un rincón de la habitación–. ¿Qué pensaría tu padre si viera nuestra película de aficionados? ¿Qué le dolería más: ver que trabajas para mí o saber que te has pasado el fin de semana en la cama conmigo?

–Eso no es justo –balbuceó Nicole mientras trataba de mantenerse en equilibrio–. Entonces no sabía quién eras.

–No he dicho que juegue limpio. Tu padre odia el apellido Jackson porque cree que tu madre se acostaba con mi padre. Eso fue lo que destruyó su amistad con mi padre, lo que dividió tu familia y destruyó la mía. Le mandaré una nota con el DVD explicándole quién soy. ¿Qué sentirá al ver a su hija relacionándose íntimamente con el hijo de Thomas Jackson?

–¡No serás capaz!

–Lo seré. Te quiero conmigo en la sala de juntas, en el despacho, en casa y en la cama.

A ella se le endurecían los pezones y notó una sensación de calor en el bajo vientre. Se lo reprochó a sí misma, porque él no hablaba de sexo, sino de traicionar a su padre y abandonar un trabajo que lo era todo para ella.

Si dejaba Wilson Wines para trabajar con Nate, su padre ni lo entendería ni la perdonaría. Pero ¿podía arriesgarse a que Nate cumpliera su amenaza y le enviara la cinta? Estaba segura de que lo haría. Los hombres de su clase no jugaban limpio. A su padre le dolería que trabajara con Nate, pero ver el video acabaría con él.

–¡Canalla! –exclamó en voz baja.

–Sí, sin duda –replicó él con un deje de amargura que ella nunca le había oído.

Ella intentó recordar. Su padre apenas le había hablado del que había sido su mejor amigo desde la escuela, y solo lo hacía con comentarios cáusticos. Thomas Jackson no se había casado ni reconocido públicamente que tenía un hijo. ¿Era verdad lo que Nate le había dicho?

Daba lo mismo, ya que era él quien tenía todos los ases en la mano. Y con esa mano le había hecho cosas deliciosas en las últimas setenta y ocho horas. Rechazó ese pensamiento. Tenía que olvidarse del hombre que había conocido y verlo como el implacable empresario que había pasado ese tiempo con ella sabiendo quién era y lo que estar con él significaría para su familia.

–Y bien, Nicole, ¿qué decides?

Él estaba frente a ella, con el pecho desnudo, los hombros aún mostrando las señales de las uñas de ella, que le había clavado en los momentos de pasión. Incluso en aquel momento, cuando ya conocía sus intenciones, tuvo que reprimir su deseo de él.

No podía consentir que su padre conociera su comportamiento disipado, sobre todo con el hijo de su enemigo. No tenía alternativa.

–Tú ganas.

–¿Lo ves? No ha sido tan difícil.

Ella lo fulminó con la mirada.

Aunque Nate Hunter Jackson hubiera ganado

esa partida, se juró que no las ganaría todas. De un modo u otro, se las pagaría.

—No es algo forzosamente malo, Nicole. Al menos conmigo serás valorada.

Ella no le prestó atención.

—Tengo que ir a casa a por mis cosas y a por el coche.

—No es necesario.

Ella se señaló el traje.

—No puedo llevarlo puesto siempre.

—Personalmente, preferiría verte sin él.

—Personalmente, me da igual lo que prefieras —aunque se hubiera visto obligada a aceptar sus términos, no pensaba volver a desnudarse delante de él—. Necesito mis cosas, el coche, el cargador del móvil... Y tengo que decirle a mi padre y a mi hermano que no voy a seguir trabajando con ellos.

—Ya me encargaré de que recojan el coche. En cuanto a la ropa, lo solucionaremos de camino al trabajo. Y con respecto a tu padre y tu hermano, yo se lo comunicaré con mucho gusto. En cinco minutos me ducho y me cambio. Podemos desayunar en la ciudad, antes de ir de compras.

Se dio la vuelta y se dirigió al cuarto de baño.

—No tengo hambre.

Él se volvió a mirarla mientras se bajaba la cremallera de los vaqueros.

—Es una pena. Yo tendré por los dos.

Nicole apartó la vista de la bragueta semiabierta y lo miró a la cara. Los ojos le brillaban con tanta intensidad que su cuerpo reaccionó de inmediato.

–Muy bien –afirmó ella entre dientes–. Yo no tengo ningunas ganas.

Se dio la vuelta y se fue a mirar el mar por la ventana del salón. El agua estaba tranquila bajo un cielo azul, en acusado contraste con la tormenta emocional que ella experimentaba en su interior.

Iba a trabajar para el hijo del mayor rival de su padre y él nunca se lo perdonaría, aunque a ella no debiera importarle porque su padre no daba ninguna importancia a todo su esfuerzo y sacrificio por la empresa. No sabía lo importante que era para ella, y no lo sabía porque no había comprendido lo importante que era él para su hija.

Desde muy pequeña, Nicole se dio cuenta de que la empresa lo era todo para su padre y a ella le dedicaba todos sus esfuerzos. Ella creyó que si lo imitaba se ganaría su respeto. Y, sin embargo, él creía que el trabajo de su hija era un entretenimiento mientras le llegaban asuntos verdaderamente importantes como el matrimonio o los hijos.

La ira volvió a invadirla. Quería a su padre y sabía que él la quería, a pesar de que no habían encontrado la forma de comunicarse. Y se negaba a aceptar que fuera demasiado tarde. Cerró los ojos y trató de respirar normalmente. Conseguiría salir de aquella y volver con su familia.

–¿Estás lista?

Nicole se dio la vuelta. Vestido con un traje gris oscuro, camisa y corbata, Nate en nada se parecía al hombre sensual del fin de semana, pero seguía resultando igual de atractivo.

–Soy yo la que te ha estado esperando.

Él sonrió.

–Entonces, vamos.

El viaje hasta la ciudad fue interminable. Nicole intentó comprobar de nuevo si había llamadas en el móvil, apenas le quedaba batería y estaba fuera de cobertura. Al remontar una colina, el maldito aparato comenzó a vibrar y fueron apareciendo los mensajes hasta que la batería se agotó definitivamente.

–¡Nooo!

–¿Qué pasa?

–Me he quedado sin batería.

–Te compraré otro. Así empezarás de cero.

–Me gusta este –afirmó ella obstinadamente–. Tiene todo lo que necesito.

–Lo que necesitabas en tu antigua vida, pero no en la nueva. Vas a trabajar y a comunicarte con gente nueva. Además, lo más probable es que tu móvil lo pague la empresa, y ya no trabajas en ella.

Nate le quitó el teléfono y ella lo miró asombrada.

–También necesita una puesta al día.

–No le pasa na… ¡Espera! ¿Qué haces?

Nate bajó la ventanilla y lo tiró.

–¿Cómo te atreves? Era mío.

–Ya te he dicho que te compraré otro.

Ella trató de contener las lágrimas. Aquello era una pesadilla. ¿Tenía Nate que controlarlo todo?

44

Tal vez hubiera sido mejor enfrentarse a las consecuencias de que su padre hubiera visto el DVD.

–Espero que el que lo sustituya sea lo mejor que haya en el mercado– afirmó ella con toda la frialdad de la que fue capaz.

–Por supuesto. Para ti, siempre lo mejor.

–Eso es mucho prometer. ¿Crees que podrás cumplirlo?

–Soy un hombre de palabra.

–Eso está por ver –masculló ella mientras comenzaba a mirar por la ventanilla.

Nat observó a Nicole mientras la llevaban al probador de la tercera tienda de diseño en la que habían entrado esa mañana. Ella había insistido en comprarse un nuevo guardarropa antes de comer. Y él se moría de ganas, pero no de comer, sino de ella, de la textura de su piel, del sabor de sus labios, de sus suspiros y gemidos mientras se exploraban mutuamente.

Una parte de él quería mandar a tomar viento el trabajo y la ropa, y volver a su casa para pasar otro día en la cama. Le detenían dos cosas.

La primera era la empresa. Jackson Importers era la herencia de su padre y Nate se había prometido que dedicaría todos sus esfuerzos y sus energías a que mejorara todo lo posible. Era seguro que haber llamado el viernes anterior diciendo que no podía ir a trabajar porque estaba enfermo habría extrañado a sus empleados. Si tampoco iba el lunes, probablemente mandarían una ambulancia a su casa.

La segunda razón era la propia Nicole. Era cierto que la deseaba con locura y que era más de lo que nunca había soñado. Y sabía, por el dosier de Raoul, que era muy inteligente. El problema era su lealtad hacia su padre. Supuso que se había excedido al confiar en que al estar enfadada con su familia estaría encantada de vengarse de ella.

Pero esa lealtad no sería un obstáculo eterno. Antes o después, ella se daría cuenta de que él la trataba mejor y la valoraba más que su padre. Cuando lo reconociera, y cuando aceptara que la pasión entre ambos era innegable, le sería leal a él. Aunque Nicole todavía no lo supiera, él era lo mejor que le había sucedido en la vida. Se imponía ser paciente y vigilarla.

Sí, vigilarla muy de cerca, porque, por las miradas fulminantes que le dedicaba, si trataba de tocarla, tendría que retirar la mano sangrando. Estaba furiosa con él por haberla puesto en aquella situación, así que tendría que estar en guardia.

–La señorita Wilson ya ha acabado, señor Hunter –afirmó la encargada de la tienda mientras aparecía cargada de ropa.

–¿Tan pronto?

–Tiene gustos muy definidos y se ha dado prisa en decidir lo que necesita.

Él le dejó la dirección de su piso en la ciudad para que llevaran la ropa y le entregó una tarjeta de crédito.

Nicole salió del probador y Nate contuvo el aliento mientras toda la sangre se le concentraba en una parte concreta de su anatomía. El vestido rojo que llevaba acentuaba cada curva de su figura.

–¿Ya hemos terminado? –preguntó él.

–Solo me queda la ropa interior y la ropa para dormir.

–Muy bien. ¿Quieres que comamos primero o prefieres seguir comprando?

–¿Sigues teniendo ganas?

Él la miró de arriba abajo antes de enfrentarse a sus ojos retadores.

–Siempre las tengo.

Ella se ruborizó.

–Entonces vamos a comer algo –afirmó ella secamente. Después agradeció a la encargada sus atenciones.

Cuando acabaron de comer, Nate hojeó un periódico mientras se tomaba un café. Al llegar a la sección de Sociedad lanzó un silbido.

–Me parece que no tendré que llamar a la oficina de tu padre –dijo mientras doblaba el diario y se lo enseñaba a Nicole.

Capítulo Cinco

Bailaban juntos en una foto del periódico. Era evidente lo absortos que se hallaban el uno en el otro.

Nicole palideció y tomó aire.

–¿Lo has orquestado tú?

Nate rio.

–Me halaga que creas que tengo tanto poder, pero no, no he sido yo.

Lo miró como si no creyera una palabra de lo que le decía.

–Es evidente que quieres hacer daño a mi padre, pero ¿por qué te tomas tantas molestias conmigo por algo que sucedió hace tantos años? Nuestros padres se pelearon y su amistad terminó. Son cosas que pasan.

–Tu padre acusó al mío de algo que no había hecho y no quiso entrar en razón ni aceptar que se había equivocado. A mi padre le partió el corazón y destruyó su honor. Y gracias a lo que hizo tu padre, tuvo que trabajar como un animal para llegar a fin de mes. Sacó a flote Jackson Importers, pero se dejó en ello la salud, por lo que murió prematuramente. Mi padre se merecía mejor suerte, al igual que mi madre.

–¿Y hacer daño al mío va a devolvértelos?

–No, pero me producirá infinita satisfacción que Charles Wilson reconozca su error.

–Tú eres el que se equivoca, Nate. Olvida todo esto y deja que me vaya.

–De ninguna manera –apuró la taza de café–. Si has terminado, vamos a acabar de comprar antes de ir a la oficina.

Se dirigieron a unos grandes almacenes. A él le pareció divertido que ella anduviera un metro por delante, lo cual no era fácil debido al gentío que atestaba las aceras. Cuando llegaron, Nicole compró algunos productos cosméticos en la planta baja. Cuando él sacó la tarjeta, ella dijo, con la suya en la mano:

–No tienes que pagar tú.

–Permíteme –dijo él al tiempo que le quitaba la tarjeta y la examinaba–. ¿Está a tu nombre o al de tu padre?

–Es mía ¿te parece bien? –se la arrebató.

Después subieron a la planta de lencería.

–Te daré otra.

–Esta me sirve perfectamente.

Nate pensó que no era así, ya que no quería que tuviera nada que ver con su padre. Estaba dispuesto a pagarle un sueldo generoso y, hasta que lo hiciera, él se haría cargo de todo, y de ella. Y todo sería de lo mejor, como le había prometido.

En la sección de lencería, Nate se sentó mientras ella buscaba lo que quería y se lo probaba. Al cabo de un rato se levantó y se puso a pasear. Vio un maravilloso conjunto en un maniquí: un camisón de seda y encaje y una bata a juego. Eran inocentes y pecaminosos a la vez.

Hizo un gesto a la dependienta.

–Añada uno de estos de la talla de la señorita Wilson. Y, por favor, no le diga nada, Quiero darle una sorpresa.

La dependienta se apresuró a cumplir el encargo mientras él se imaginaba que quitaba a Nicole las prendas después de haberla acariciado a través de la seda.

Sería una tortura esperar que ella quisiera volver a su cama, pero, al final, merecería la pena.

Después de comer fueron al despacho de Nate, que se hallaba en un edificio con vistas al puerto de Auckland. Al salir del ascensor él le puso la mano en la espalda a Nicole y la dirigió hacia unas puertas acristaladas donde se leía «Jackson Importers».

Entraron y la recepcionista les sonrió. Él le presentó a Nicole.

–April, esta es la señorita Wilson, que va a trabajar con nosotros. Quiero que convoques a todo el personal en la sala de juntas dentro de quince minutos para que la conozcan.

–No es necesario –protestó Nicole.

–Quiero que todos sepan quién eres y por qué estás aquí –afirmó él en un tono que no admitía réplica.

Ella se tragó lo que iba a decir. Él la condujo a la

sala de juntas. Al verla allí, en su oficina, con aquel vestido deslumbrante, Nate perdió el control. En cuanto hubo cerrado la puerta la tomó en sus brazos y la besó en la boca. En el momento en que sus labios se tocaron, sintió una descarga eléctrica, como si se hubiera recargado de energía.

—Lo necesitaba —dijo él cuando hubo saciado su deseo, al menos temporalmente.

—Pues yo, no. Te agradecería que no me pusieras las manos, ni ninguna otra parte de tu cuerpo, encima —respondió ella apartándose.

Nate no pudo negar que se lo esperaba.

—No me negarás que te ha gustado —dijo al observar el brillo de los ojos de ella y su respiración agitada.

—Mi reacción física ante ti es una cosa; lo que realmente quiero, otra. No vuelvas a tocarme. Nunca más.

—¿Me estás diciendo que si hago esto —le puso un dedo en el escote— no querrás más?

Nicole trató de controlar la oleada de deseo que la invadió. No podía mostrarse débil ante él. Los hombres como Nate se aprovechaban de las debilidades ajenas, y ella no podía permitirse que la controlara más de lo que lo hacía.

—Eso tiene un nombre —consiguió articular por fin—. Se llama acoso.

Nate se echó a reír.

—Es para morirse de risa. ¿Habrías denominado así a lo que te estaba haciendo a las tres de la mañana cuando…?

En ese momento, la puerta se abrió, lo que le ahorró a Nicole la tortura de oírle decir lo que habían hecho de madrugada.

–Ah, Raoul, este es mi nuevo fichaje para nuestro equipo: Nicole Wilson. Nicole, este es Raoul Benoit. A pesar del apellido francés, es tan neozelandés como nosotros.

Raoul sonrió a Nicole con timidez.

–Es un placer conocerla, señorita Wilson, y un placer tenerla entre nosotros.

¿Qué demonios podía contestar ella? Estaba prácticamente secuestrada.

–Gracias.

Vio la mirada interrogativa que Raoul le dirigió a Nate, y la expresión de satisfacción de este le dijo todo lo que necesitaba saber. Raoul sabía quién era ella y lo que Nate tramaba.

La voz de Nate la devolvió a la realidad.

–Le he pedido a April que reúna al personal aquí para que la conozcan. Creo que es buena idea que todos sepan que va a trabajar con nosotros.

La gente comenzó a entrar. De los quince minutos siguientes conservaría después un recuerdo borroso.

Cuando Nate la llevó a su despacho, estaba mareada, y lamentó no haber tomado algo sólido para desayunar.

–Aquí es donde trabajarás –dijo él mientras cerraba la puerta.

Nicole miró el suntuoso despacho y la increíble vista del puerto.

–Es tu despacho. No puedo trabajar aquí.

–Estoy dispuesto a compartirlo contigo. Juntos dirigiremos la mayor empresa de importación de vinos del país. ¿Por qué voy a querer que estés en otro sitio que no sea a mi lado?

–¿Es una forma elegante de decir que quieres tenerme vigilada?

Él hizo una mueca.

–Si te refieres a si quiero vigilar cómo trabajas, la respuesta es que sí. Sé que no quieres estar aquí y que estás enfadada conmigo por obligarte, pero creo que eso cambiará. Cuando veas las oportunidades que tienes aquí, te darás cuenta de que este es tu sitio. Cuando ese día llegue, podrás tener el despacho que quieras, pero, hasta entonces, comprenderás que prefiera tenerte a la vista. Por otro lado, me gusta verte.

–¿Qué pasa con la intimidad a la hora de hablar por teléfono?

–¿Te preocupa que oiga lo que dices?

–¿Tienes pensado acompañarme al servicio también? –había perdido la paciencia. Desde aquella mañana, Nate había controlado todo lo que hacía, salvo su forma de respirar.

–¿Necesitas que lo haga?

–No te necesito para nada.

–¿Igual que tu padre no te necesita?

Sabía cómo hacerle daño. Nicole se dio la vuelta y tiró el bolso al escritorio.

–Si aquí es donde voy a trabajar, será mejor que empiece, ¿no?

Nate sonrió y señaló el ordenador personal y el teléfono móvil que había pedido que le llevaran mientras ella se probaba prendas.

–Son tuyos.

–¿Míos? ¿Ya?

–Te he dicho que me voy a ocupar de ti, Nicole, y hablaba en serio.

Ella tragó saliva. Lo decía como si ella le importara de verdad. Le resultaba increíble. Habían tenido un fin de semana de sexo magnífico, pero eso era todo.

–¿Por dónde quieres que empiece? –preguntó poniéndose detrás del escritorio y abriendo el ordenador.

–¿Qué tal si comienzas examinando cómo trabajamos por Internet?

Nicole se emocionó ante la perspectiva de aprender una nueva forma de hacer negocios. Llevaba años pidiendo a su padre que vendieran por Internet en vez de solo a los clientes en persona. El mundo estaba cambiando a una velocidad increíble y la industria de venta de vinos también.

Pensó asimismo que la vigilancia de Nate había arruinado su plan inicial de sabotear Jackson Importers, pero esperaría una ocasión propicia. En su fuero interno sabía que aquello no podía durar y que acabaría hallando la forma de volver a Wilson Wines. Mientras tanto, Nate le ofrecía la oportunidad de aprender todo lo que pudiera de su acertada práctica empresarial y de pensar en cómo aplicarla a Wilson Wines.

Nate se sentó a su lado.

–Necesitarás una contraseña. ¿Por qué no navegas por la página web y haces una lista de las preguntas que quieras hacerme? Vuelvo enseguida.

Ella se limitó a asentir y suspiró aliviada cuando él salió del despacho. Había creído que la ira contra él le permitiría tolerar mejor su presencia en el despacho. Nada más lejos de la realidad. Al ver que sus dedos volaban sobre el teclado del ordenador se había visto obligada a suprimir el recuerdo de esos mismo dedos sobre su cuerpo.

Se recostó en la silla y se giró para contemplar la vista del puerto. A pesar de ser un día laborable, el agua estaba salpicad de yates disfrutando del sol otoñal. Ella deseó poder imitar su libertad. Pero no la tendría hasta que no saliera de aquel atolladero. Pero Nate se las pagaría y, como su padre antes que él, se arrepentiría de haber conocido a un miembro de la familia Wilson.

Capítulo Seis

Nate pasó el resto de la tarde con Nicole hablando de los vinos que importaban y de los sistemas de distribución en Nueva Zelanda y en el resto del mundo para atender la demanda por Internet. Acabaron al ponerse el sol. Estaban agotados.

–Lo mejor será que nos quedemos en la ciudad esta noche, en mi piso.

–Lo que tú digas –murmuró Nicole.

–¿Prefieres que vayamos a Karekare? Tendremos que ir al piso primero, a recoger lo que has comprado.

–Preferiría ir a mi casa, pero como no puede ser, me da igual donde vaya a dormir.

Le lanzó una mirada retadora, animándole a llevarle la contraria, pero él no estaba dispuesto a enzarzarse en discusiones absurdas.

–Muy bien. Entonces, iremos al piso.

Nicole no volvió a hablar hasta que llegaron.

–¿Es ese mi coche? –preguntó ella.

Parecía animada por primera vez en todo el día.

–Sí. Tengo dos plazas de aparcamiento, así que lo lógico es que tengas el coche a tu disposición, aunque probablemente viajaremos juntos la mayoría de las veces.

Ella se aproximó al vehículo para ver si había sufrido algún daño.

—Es un Roadster, ¿verdad?

—En efecto —contestó ella, satisfecha al comprobar que el coche estaba en perfecto estado—. Me alegro de que tus empleados no le hayan causado ningún desperfecto.

—Solo empleo a los mejores.

Nicole lo miró. ¿Qué haría él si de pronto se metiera en el coche, arrancara y saliera disparada de allí? En el mismo momento de pensarlo supo que no se atrevería, por las pruebas que Nate tenía en contra de ella.

—Me alegra saberlo.

—Vamos al piso. Debes de estar muerta de hambre.

Era verdad: estaba hambrienta, pues apenas había desayunado y se había negado a dejar de trabajar para comer.

—Muy bien. Además, no tenemos nada más que hacer —dijo ella en tono desafiante.

Subieron en el ascensor. Salieron a un pasillo adornado con caras obras de arte. Él abrió la puerta y le indicó a Nicole que entrara.

Ella se quedó sin aliento al contemplar la vista. Si la que había desde el despacho era maravillosa, aquella era incluso más amplia.

—Está claro que te gusta ver el mar —afirmó mientras dejaba el bolso en uno de los sofás al lado del balcón.

—Así es.

De pronto, ella cayó en la cuenta de lo cerca que estaban el uno del otro. Después del beso en la sala de juntas, él se había mantenido a distancia. Nicole notó lo mucho que deseaba que la acariciara, pero no cedería. Todavía le quedaba algo de orgullo.

Antes de que él pudiera intentar algo, ella se apartó y se volvió para mirarlo. Aunque fuera incapaz de controlar gran cosa en su vida en aquellos momentos, podía controlarse a sí misma, aunque tuviera que esforzarse mucho para conseguirlo.

–¿Dónde está mi habitación?

–Mi suite está por allí –respondió él al tiempo que señalaba un amplio pasillo.

–No me refiero a tu habitación, sino a la mía. He accedido a trabajar contigo y a nada más.

–¿Qué es «nada más»?

–Sabes perfectamente a lo que me refiero.

–¿A esto?

Nate le recorrió el escote del vestido con el nudillo y sonrió complacido cuando a ella se le puso la piel de gallina. Nicole no se movió. Apenas podía respirar.

–¿Vas a forzarme, Nate? –preguntó con una calma que contradecía el deseo que experimentaba.

–No creo.

–No te deseo.

–¿No me deseas o no deseas desearme?

Ella se mantuvo firme, sin contestarle, y totalmente inmóvil. Al final, él bajó la mano.

–A la derecha hay una habitación de invitados con baño. Llevaré allí tus cosas.

–Gracias.

Nicole volvió a respirar. Había sido una pequeña victoria, pero importante. Se sintió como si hubiera conquistado el Everest.

Era jueves por la noche y hacía una semana que se habían conocido, aunque a Nicole le parecía un siglo. Cerró el ordenador y agarró unos informes que pensaba leer en la cama. Llevaba días durmiendo muy mal. La ponía nerviosa que Nate lo hiciera a unos metros de distancia.

Había comprobado, sorprendida, que a Nate no parecía molestarle su insistencia en que tuvieran habitaciones separadas, por lo que no sabía si solo ella creía que la forma en que habían hecho el amor aquel fin de semana se salía de lo normal. Tal vez él se comportara igual con todas las mujeres. Esa idea le dejó mal sabor de boca.

Cerró los ojos ante el deseo que la invadía. Se recordó que solo era sexo y que podía vivir sin él. «Mentirosa», le susurro una vocecita en su interior.

La puerta se abrió y apareció el objeto de sus pensamientos en el umbral. Ella lo miró al tiempo que maldecía el rubor de sus mejillas.

–Me alegro de que estés todavía aquí –dijo él sin siquiera saludarla.

Ella había notado que él era así: encantador cuando era necesario, pero directo cuando no lo era. En aquellos momentos ella estaba, obviamente, en la categoría de a los que era innecesario agradar.

–¿Qué pasa?

–Hoy, tu hermano y Anna Garrick se han ido a la región de Marlborough.

–¿Judd y Anna? ¿Por qué?

–Esperaba que me lo dijeras tú. Ya sabemos que es una de las zonas de Nueva Zelanda donde más vino se produce, pero Wilson Wines, hasta ahora, solo vendía vinos importados.

–¡Oh, no! –Nicole se llevó la mano a la boca.

–¿Sabes por qué han ido allí?

–No estoy segura. A mi padre mi informe le pareció una pérdida de tiempo.

–¿Qué informe?

–Con la creciente subida de los fletes internacionales y la fluctuación del dólar neozelandés, me pareció que era el momento adecuado para explorar la distribución interna de buenos vinos de Nueva Zelanda que no se vendieran en tiendas ni supermercados, de la clase que se encuentra en hoteles y restaurantes, para hacerlos más asequibles al consumidor medio.

–Tiene lógica –comentó él–. ¿Por qué rechazó tu padre el estudio? ¿No le pareció factible?

Nicole se echó a reír.

–¿Crees que me explicó su decisión? No lo conoces tanto como crees. Se limitó a decirme que dejara de perder el tiempo en eso. Pero no lo hice. Anna o Judd han debido de encontrar los informes y convencerlo de que se trata de una buena idea.

–¿Han ido a buscar nuevos proveedores?

–Eso creo.

Nicole trató de disimular la ira que sentía contra su padre por su cambio radical de postura.

–Supongo que trabajaste mucho en ello, y te fastidia que tu hermano lleve a cabo lo que tú comenzaste.

–Es una forma educada de decirlo –estaba enfadada y muy decepcionada por no haber tenido la oportunidad de poner en práctica su idea–. Ya había hablado con el equipo directivo de varias bodegas y estaban muy interesados.

–Entonces, te sugiero que no pierdas más tiempo –dijo Nate sonriendo.

–¿Qué? –¿de qué demonios le hablaba?

–Vete para allá y recupera tu negocio. Demuéstrame que puedes hacerlo.

Nicole lo miró perpleja. ¿Le daba carta blanca para desarrollar su idea? ¿Así, sin más? ¿Y si fracasaba? ¿Habría demanda para vinos neozelandeses más caros de los que ya había en el mercado?

El estudio de mercado que había realizado indicaba la existencia de un nicho de demanda. Tal vez hubiera debido pelear más por lo que creía, por lo que sabía que tenía un gran potencial. Comenzó a emocionarse.

–Muy bien, lo haré –afirmó mientras buscaba en el bolso un lápiz de memoria de los que siempre llevaba consigo y después volvía a abrir el ordenador. Le demostraría a Nate de lo que era capaz, tanto si triunfaba como si fracasaba. Y tal vez, al mismo tiempo, le demostrara a su padre su valía.

–¿Necesitas ayuda?

61

–Creo que no. Mañana por la mañana empezaré a hacer llamadas y me marcharé el domingo. No quiero encontrarme con Judd y Anna, así que si determino a quién van a ver primero y cuándo, yo iré detrás y haré una oferta a las bodegas que no podrán rechazar.

–Me gusta tu forma de pensar. Supongo que tienes los informes en el lápiz.

Ella asintió mientras estos aparecían en la pantalla.

Sin embargo, en su interior, se debatía entre la incredulidad de que Nate apoyara sus ideas y la alegría de poder llevarlas a la práctica.

–Si me los imprimes, podemos revisarlos juntos mañana. Voy a pedir algo de cenar mientras lo haces.

Ella volvió a asentir y centró la atención en la pantalla mientras él salía del despacho. Cuando volvió, ella ya había impreso los documentos.

–He pedido a algunos empleados que se queden por si los necesitas –comentó él mientras agarraba una silla y se sentaba a su lado.

–¿En serio?

–Somos un equipo, Nicole. No espero que nadie haga nada sin ayuda. Además, si vas a hacer una oferta a tus clientes que no podrán rechazar, sería mejor que saliera de una discusión entre todos para que sea imbatible.

Nicole murmuró su asentimiento y se concentró en la pantalla del ordenador mientras se le llenaban los ojos de lágrimas. Un equipo. A pesar de que se hallaba allí a la fuerza, Nate le ofrecía todos los recursos de la empresa y la ayuda que necesitara. Era un gran cambio con respecto a Wilson Wines, donde sus ideas tenían que recibir el visto bueno de su padre antes de recibir apoyo alguno.

Era una forma antigua de gestionar una empresa, probablemente útil en sus inicios. Ella había tratado de enfrentarse al estilo dictatorial de su padre y había perdido la mayoría de las veces.

Cuando recuperó el control, se dirigió a Nate.

–¿Siempre se hace todo en equipo en esta empresa?

–Las decisiones importantes siempre se toman en equipo, sí. Cuando tenemos éxito, lo cual sucede a menudo, triunfamos juntos. Cuando todos tienen capacidad de decisión, todos trabajan más y se sienten más satisfechos. ¿Por qué lo preguntas? ¿No te parece importante?

–No, no es eso. Es que nunca había trabajado así.

–Solo has trabajado en Wilson Wines, ¿verdad? Incluso en los periodos de vacaciones escolares.

A ella le sorprendió que lo supiera. Parecía que sabía muchas cosas de ella.

–Así es. Lo único que siempre he querido ha sido trabajar con mi padre.

Nate suavizó su expresión y ella vio un destello de compasión en sus ojos.

–Sé a lo que te refieres. Desde que era niño, al ver que mi padre se mataba a trabajar para mantenernos a mi madre y a mí, supe que quería ayudarlo. Si él me lo hubiera permitido, habría comenzado a trabajar al acabar la escuela, pero mi padre insistió en que hiciera una carrera universitaria y en que llevara a cabo prácticas en otras empresas para estar seguro de que quería trabajar en Jackson Importers. En su momento me molestó que creyera que yo no sabía lo que quería, pero ahora valoro la experiencia que obtuve.

—¿Y después te fuiste a Europa?

—Sí, al principio en plan de vacaciones, de nuevo ante la insistencia de mi padre. Una vez allí vi las numerosas oportunidades que había para la empresa si había alguien trabajando con nuestros mayores proveedores europeos.

—¿Y tu padre te dejó que te quedaras sin haber tenido experiencia previa en la empresa? Debías de ser muy joven.

Nate se encogió de hombros.

—Le gustó mi propuesta y creyó que no tenía nada que perder. Durante los primeros años trabajé como un animal, yo solo; después, como seguimos creciendo, contraté a otras personas.

Nicole sintió envidia. Y se dio cuenta de que lo que Nate acababa de hacer por ella era, precisamente, aceptar una idea suya y dejar que la desarrollara. En aquel momento, él estaba examinando uno de sus informes y tomando notas.

Se sintió confusa. La estaba chantajeando. Entonces, ¿por qué le permitía llevar adelante una idea que su padre había rechazado?

Llamaron a la puerta y entró Raoul.

–Nos han traído la cena. Estamos en la sala de juntas. ¿Estáis listos?

–Ahora mismo vamos –dijo Nate. Cuando Raoul se hubo marchado, agarró sus notas y los documentos de Nicole–. ¿Estás preparada?

–Sí, solo una cosa.

–¿El qué?

–¿Por qué haces esto?

–¿Esto? –preguntó él mientras levantaba la mano con uno de los informes.

–Sí, ¿por qué? Puede fracasar y costarte mucho dinero.

Nate se encogió de hombros.

–Confío en ti y creo que la idea es estupenda. Lo veo en el trabajo que has hecho hasta ahora. ¿Por qué desperdiciarla? Además, me muero de ganas de imaginar la cara que pondrá tu padre si ganamos.

–¿Crees que lo haremos?

–No dudes de nuestro equipo, Nicole. Somos invencibles cuando nos ponemos a ello –se dirigió a la puerta y la abrió–. ¿Vamos?

Ella agarró el bolso y el portátil y lo siguió hasta la sala de juntas. Debiera estar asustada ante la confianza de él, pero le daba fuerza. Creía que lo conseguiría.

Al hilo de ese pensamiento se dio cuenta de cuánto le gustaba trabajar con Nate. Era la antítesis de Charles Wilson.

Cuando llegaron a la sala, Nate le pidió que explicara la idea al equipo y, después, él expuso su opinión sobre los informes. Se propusieron ideas y sugerencias durante tanto tiempo que, al final, ella apenas reconocía la idea original. Pero estaba emocionada por la dirección que estaba tomando aquello y por el hecho de haber sido una parte fundamental del proceso.

Cuando Nate y ella volvieron al piso, estaba agotada y animada a la vez. Habían trazado un plan sólido, y ella disponía de todos los instrumentos necesarios para arrebatarles a Judd y Anna el negocio que tal vez se hubieran asegurado.

Al irse a acostar se detuvo en el pasillo que conducía a las habitaciones.

–Nate…

Él estaba a punto de llegar a su dormitorio y se volvió hacia ella.

–¿Sí?

–Gracias por lo de hoy.

Él deshizo el camino andado.

–¿Me estás dando las gracias? –le preguntó sonriendo.

Ella asintió.

–Por creer en mí.

–Te lo mereces, Nicole. No sé por qué tu padre te tenía oculta como lo hacía, porque, con el cerebro que tienes, el mundo debería estar a tus pies. Me limito a dejar que emplees tu talento.

–Te lo agradezco –balbució ella, que no estaba acostumbrada a recibir halagos–. Me cuesta decirlo, pero reconozco que he disfrutado mucho esta noche.

–Habrá muchas más iguales.

–Bueno, gracias de nuevo.

Le pareció natural besarlo en la mejilla y después en los labios. Él permaneció inmóvil durante unos segundos, pero después la abrazó y la besó con pasión. El pulso de Nicole se aceleró al tiempo que aceptaba lo inevitable: iban a hacer el amor, lo cual la alegró en parte, al no tener que luchar contra su reacción constante e instintiva ante la presencia de Nate. Sin embargo, en su fuero interno, sabía que se estaba rindiendo a él, entregándole una parte de ella que había retenido hasta entonces y que no sabía si volvería a recuperar.

Capítulo Siete

Nate empujó a Nicole contra la puerta de su habitación mientras se deleitaba en el sabor de su boca. Sabía que era cuestión de tiempo que Nicole capitulara, ya que su pasión era tan incendiaria como la de él. Saberlo no le había facilitado las cosas, pero el hecho de llevarle ventaja, pues la había obligado a quedarse con él, había atemperado en cierta medida su deseo. Por fin, todo se había aclarado.

Había sido muy estimulante verla actuar ese día. No había nada más atractivo que una mujer inteligente y segura de sí misma, y Nicole lo era al cien por cien. Que además sus rasgos fueran hermosos era un plus.

Pero había llegado el momento de dejar de pensar y actuar.

Abrió la puerta del dormitorio, introdujo a Nicole lentamente en la habitación y cerró la puerta. En la oscuridad fue llevándola hasta el borde de la cama, donde se detuvo, le bajó la cremallera del vestido y se lo quitó. Durante unos instantes lamentó no haber encendido la luz para deleitar sus ojos en su cuerpo como pronto pensaba deleitar su boca. Tendría que guiarse por los sentidos.

A pesar de lo mucho que la deseaba, decidió ir despacio y alargar aquello todo lo que fuera posible: no dejar de dar y recibir hasta que ninguno de los dos pudiera soportar un segundo más de tortura.

Nicole gimió cuando él trazó una fina línea con la lengua de su mandíbula al cuello. Lo agarró por los hombros cuando siguió bajando hasta llegar a los senos, cubiertos por la lencería que él había escogido. Llevaba toda la semana en agonía preguntándose si llevaría el conjunto azul zafiro o el rojo rubí.

En aquel momento, en la oscuridad, el color no importaba. Lo único que importaba eran las sensaciones. Y se sentía de maravilla con ella ente los brazos y bajo sus labios. Le desabrochó el sujetador.

Le quitó la prenda y le puso las manos en los senos. Los elevó ligeramente para ocultar la cara en su suavidad antes de lamer el pliegue que había creado entre ellos. Le acarició los pezones con los pulgares y se deleitó al sentir que se endurecían y que ella quería más.

Nicole le quitó las manos de los hombros, le desanudó la corbata y le desabrochó la camisa. Después descendió hasta la hebilla del cinturón y la cremallera de los pantalones. La erección masculina ejercía presión sobre los boxers, anhelando sus suaves caricias, pero en lugar de ello, Nicole lo arañó levemente a lo largo, y él estuvo a punto de perder el control.

Nate la tumbó en la cama antes de quitarse los

zapatos y los calcetines para poder sacarse los pantalones. Se quitó también los boxers y liberó su carne hinchada. Después se acostó a su lado.

Nicole sintió una oleada de calor cuando él le metió la mano en las braguitas, buscó y encontró su centro húmedo. Jugueteó con los dedos en la abertura y se deleitó en el calor y la humedad de su cuerpo al saber que estaba lista para él, solo para él.

Ella lanzó un grito ahogado cuando el le rozó el clítoris con la punta del dedo, y el grito se convirtió en gemido cuando incrementó la presión ligeramente.

Ella le apretó la mano, ante lo cual él sonrió. Después de lo controlada que había estado toda la semana, se había desinhibido por completo. Le quitó las braguitas con cuidado y se situó entre sus piernas. Los muslos de ella temblaron cuando él se los acarició y luego se contrajeron cuando él acercó la boca al centro del calor y la humedad, que recorrió con la lengua una y otra vez hasta que el cuerpo de ella se tensó tanto que él supo que faltaban solo unos segundos para que alcanzara el clímax.

Un clímax que él le proporcionaría. Cerró la boca en torno a aquel lugar especial y succionó con fuerza. Esperó a que cesaran las contracciones del cuerpo femenino, alzó la cabeza y extendió el brazo para abrir el cajón de la mesilla de noche, donde guardaba un paquete de preservativos.

–No están ahí –dijo Nicole.

–¿Ah, no? Entonces, ¿dónde…?

–Los tiré para no caer en la tentación.

Él se hubiera reído si no estuviera a punto de estallar. La besó en los labios.

–No te muevas. Vuelvo enseguida.

Llegó a su habitación en un tiempo récord y volvió con un puñado de preservativos, que dejó en el cajón, salvo uno que se puso.

–Esta vez quiero verte cuando llegues al orgasmo –afirmó mientras encendía la luz de la mesilla.

Ella emitió un sonido como si fuera a protestar, pero se detuvo en seco cuando él la penetró. Nate apretó los dientes para resistir la tentación de tomarla deprisa, de alcanzar juntos el clímax lo antes posible, y comenzó a moverse lentamente. Ella lo hizo al mismo ritmo y él sonrió al ver que trataba de apresurarlo.

–Es mejor así, hazme caso –afirmó.

Los músculos internos de ella comenzaron a temblar y a aferrarlo. Los ojos de Nicole se pusieron vidriosos, entreabrió los labios jadeando y se le arrebolaron las mejillas. Unos segundos después, él se vació por completo en su interior.

Nicole estaba debajo de él esperando que el corazón volviera a latirle con normalidad. Desde que había conocido a Nate, los sentidos se le habían agudizado: los colores eran más vívidos, los sonidos más fuertes y el placer más intenso. No sabía adónde le llevaría aquello, pero sí sabía que probablemente no volvería a sentir nada igual, lo cual la aterrorizaba, ya que sabía que aquello no podía durar.

Ella nunca había sido suficiente para nadie. Por eso no la había querido su madre ni su padre estaba orgulloso de ella. Sin embargo, Nate hacía que se sintiera capaz de cualquier cosa, aunque debía ser precavida, ya que tampoco ella era bastante para él por sí misma. Estaba con ella para vengarse de su padre, y cuando lo hubiera conseguido, prescindiría de ella.

Nate se separó de Nicole y se tumbó a su lado. Ella protestó al perder su calor, pero se quedó paralizada cuando le dijo:

—Voy a tirar esto para que no se produzca un accidente, como estuvo a punto de suceder el fin de semana pasado.

—¿A qué accidente te refieres?

—¿No te lo dije? Nos quedamos dormidos al acabar y el preservativo se me salió. Pero tomas la píldora, ¿verdad?

No la tomaba, pero no se trataba de eso. Él debiera habérselo contado inmediatamente para que ella hubiera podido ir a la farmacia y tomar la píldora del día siguiente.

—La tomas, ¿no?

—No —respondió ella mientras comenzaba a sentir pánico—. ¿Por qué no me lo dijiste? ¿Y si...?

—Me haré cargo.

¿Que se haría cargo? ¿Y ella? ¿No contaba lo que pensara y lo que sintiera sobre el asunto? ¿Y de qué modo se iba a hacer cargo? ¿Insistiría en que abortara o emplearía su embarazo como un instrumento más para hacer daño a su padre?

Cuando Nate volvió a la cama, ella se había tumbado de lado y fingía dormir. Tenía que reflexionar y sabía que no podría hacerlo si él la acariciaba.

El miércoles, Nicole había conseguido su propósito: cuatro de las seis bodegas que Judd y Anna habían visitado habían decidido pasarse a Jackson Importers debido, en parte, a las relaciones que había establecido con ellas durante la elaboración de su informe. Además se había puesto en contacto con otras tres, interesadas en ampliar la distribución.

Aunque Judd había hecho un buen trabajo a la hora de ganarse a los directivos de las bodegas, ella lo había hecho mejor y estaba muy satisfecha.

Sonrió mientras esperaba para recoger el equipaje en el aeropuerto de Auckland.

–Vaya, pareces contenta.

A Nicole se le aceleró el pulso al oír la voz de Nate. Se dio media vuelta esforzándose por parecer tranquila para que él no se diera cuenta de lo mucho que lo había echado de menos las noches que había estado fuera.

–Todo ha ido bien. No esperaba que vinieras a buscarme. Podía haber tomado un taxi.

–Quería verte.

La besó con fuerza en los labios y se separó de ella con rapidez.

–Ahí esta mi maleta –dijo ella al verla en la cinta.

Después de agarrar la maleta, Nate le puso la mano en la espalda y la condujo al aparcamiento.

–¿Vamos directamente al despacho? –preguntó ella cuando tomaron la autopista.

–No.

–Creí que…

–He dicho que no llegaríamos hasta mediodía.

Nicole se sorprendió. Había pensado que Nate querría que informara al equipo lo antes posible. No había tiempo que perder, pues Judd y Anna se enterarían pronto de lo sucedido.

Judd y Anna… Nunca los hubiera imaginado juntos, pero los directivos de las bodegas le habían dicho que trabajaban bien y que parecían muy unidos.

Suspiró. En otra época hubiera sido la primera en saber que había un nuevo hombre en la vida de Anna, ya que las dos lo compartían todo. Eran amigas desde la infancia porque su madre era el ama de llaves de su padre y habían vivido juntas desde que esta ocupó el puesto.

Fueron a los mismos colegios privados. Su padre había pagado la educación de Anna. Por eso Anna sentía tanta devoción por su padre: le había puesto el mundo en bandeja, un mundo que la madre de Anna no hubiera podido ofrecerle.

Quería volver a abrazarla y recuperar la amistad que tenían, si fuera posible.

Y quería hablarle de su relación con Nate. Lo miró de reojo. El mero hecho de mirarlo la volvía loca. Necesitaba una buena dosis del sentido práctico de Anna para ordenar sus pensamientos y sentimientos.

Nicole sabía que deseaba a Nate, era imposible negarlo, pero detestaba lo que le estaba haciendo y le preocupaba lo que sucediera después. ¿Cómo acabaría aquello?

Sorprendentemente, Nate estuvo callado todo el viaje. Cuando llegaron al aparcamiento de su piso, Nicole percibió lo tenso que estaba. ¿Qué demonios pasaba?

Él siguió en silencio mientras subían en el ascensor, pero en cuanto entraron en el piso, Nicole obtuvo la respuesta.

Nate la abrazó y la besó con deseo y pasión. Ella sintió una oleada de calor y humedad en su centro. Prácticamente sin separarse el uno del otro se quitaron la ropa en el vestíbulo y él la sentó en la mesa de mármol que había allí. Ella ahogó un grito al sentir la frialdad en las nalgas desnudas, pero el frío desapareció de inmediato. Ardía de deseo por él. Él se puso un condón, la penetró y comenzó a moverse.

El orgasmo pilló por sorpresa a Nicole. Se aferró a los hombros de Nate y le clavó los talones en las nalgas mientras se iban sucediendo oleadas de placer que apenas la dejaron oír el grito de satisfacción de él.

Ella tardó varios minutos en volver a la realidad, en darse cuenta de lo que habían hecho y dónde. Nate apoyó la frente en la suya.

–Ya te he dicho que quería verte.

Nicole rio.

–Pues me has visto entera. Pensaba que te pasaba algo. Estabas muy callado en el coche.

–Quería concentrarme en llegar lo antes posible. Incluso pensé en que nos quedáramos en un hotel del aeropuerto.

Se separó de ella mientras la volvía a besar, esa vez con una ternura que ella no había notado antes en él, lo cual la confundió. En algunos aspectos parecía que Nate quisiera dictarle todo lo que debía hacer; en otros, le daba total libertad. Era incapaz de predecir cómo reaccionaría.

Nate la levantó de la mesa y ella deslizó el cuerpo por el suyo hasta poner los pies en el suelo. Nicole se estremeció al volver a sentir el contacto con su piel. En ese momento, lo que más deseaba era prolongar el vínculo físico que los unía. En ese sentido al menos, la armonía entre ambos era perfecta.

Llegaron al despacho a primera hora de la tarde. Nicole comenzaba a sentir los efectos de haber madrugado para tomar el avión. Informó al equipo de sus actividades y les explicó quiénes estaban dispuestos a trabajar con ellos y los contratos individuales que había negociado.

La reunión estaba a punto de concluir cuando oyó que Raoul decía el nombre de su padre mientras hablaba con Nate.

–No tiene buen aspecto. ¿Estás seguro de que quieres seguir con esto?

Nate miró a Nicole y después le dio la espalda mientras decía algo a su amigo. Este asintió, recogió sus papeles y salió. Los demás lo siguieron.

Nicole esperó a que todos se hubieran marchado para hablar con Nate.

–¿Qué le pasa a mi padre?

–Nada fuera de lo habitual.

–Entonces, ¿de qué hablabas con Raoul?

–Me ha dicho que vio a tu padre en una recepción el fin de semana y que parecía más cansado de lo habitual. No está muy bien, ¿verdad?

Nicole negó con la cabeza. No, no estaba bien y el hecho de que ella se hubiera marchado y estuviera trabajando para Jackson Importers habría empeorado su estado de salud. Se sintió culpable al darse cuenta de las ramificaciones del negocio que acababa de lograr y de lo que significaría para su padre en el plano personal. Se había centrado tanto en ganar a Judd que no había considerado lo que estaba en juego para su padre. Wilson Wines no estaba atravesando una buena época y ella, de modo impulsivo, como siempre, había empeorado las cosas.

–No es culpa tuya que esté mal de salud.

–No, pero que esté aquí tampoco le hace ningún bien. ¿Ya sabías que estaba enfermo? ¿Formaba parte de tu plan hacer que empeorase la salud de un anciano enfermo?

–¿Crees que quiero que se muera?

–Ojo por ojo y diente por diente. ¿No consiste en eso la venganza?

–Me juzgas mal si crees que soy capaz de algo así. Estoy furioso con tu padre por lo que le hizo al mío, por no haber reconocido que cometió un error al tratar a su mejor amigo como lo hizo. Pero no pretendo cambiar su estado de salud, sino su estado mental. Tu padre tiene que dejar de creer que está por encima de los demás y que siempre tiene razón. No me digas que sus maneras autocráticas no te han hecho daño. Esa es la venganza que deseo: que reconozca que el mundo no funciona según sus criterios, que ha cometido errores y que ha habido gente que ha sufrido a causa de ellos. Así podrá responsabilizarse del daño causado.

–¿Por qué no olvidas el pasado? –le rogó Nicole–. Es verdad que ha cometido errores, pero ha pagado por ellos. ¡Ha tardado veinticinco años en saber si Judd era o no su hijo!

–¿Crees que eso compensa lo que hizo? –preguntó él con desdén–. Destruyó a mi padre. ¿Sabes lo que eso significa? Le quitó la alegría y el orgullo. Mi padre perdió algo más que a un amigo y a un socio: perdió el respeto de sus compañeros, además de sus ingresos, lo cual tuvo enormes consecuencias para mi madre y para mí. Es algo que no debes olvidar. La vida se hizo muy difícil para todos nosotros. Mientras tú seguías en esa monstruosidad gótica a la que consideras tu hogar, comías caliente todos los días y llevabas ropa de diseño, mi madre y yo tuvimos que recurrir a la caridad para comer y vestirnos.

Nicole percibió el dolor en su voz.

–Pero ¿no ves lo que le estás haciendo? –preguntó ella en voz baja, pues se le habían evaporado la ira y la agresividad–. Ahora eres tú quien tiene el poder y ¿cuánto daño le estás causando por no querer perdonarlo?

–Mira, no vamos a ponernos de acuerdo y no quiero seguir hablando de ello.

–Eso es escurrir el bulto. ¿Crees que fuiste el único afectado? Yo perdí a mi madre y a mi hermano. ¿No te basta que mi hermano haya vuelto porque mi padre sabe con certeza que Judd es su hijo, que no es hijo de tu padre?

Nate negó con la cabeza.

–No es tan sencillo.

–Sí, lo es –insistió ella–. El análisis de ADN de Judd ha demostrado que es hijo de mi padre. La disputa entre nuestros padres era entre ellos. ¿Por qué va a tener que seguir afectándonos?

–Porque tu padre no se ha disculpado, no ha reconocido que estaba equivocado.

–¿Y sería suficiente que lo hiciera? ¿Cambiaría eso lo que tu madre y tú sufristeis hasta que tu padre consiguió recuperarse económicamente?

–No lo entiendes.

–Tienes razón –afirmó ella con tristeza–. No lo entiendo ni lo entenderé. Ya han sufrido muchas personas, Nate. No sigas peleando. No merece la pena.

–No voy a dejar que vuelvas con él, Nicole.

–No creo que puedas evitarlo.

–¿No te olvidas de algo?

–No, Nate, no me olvido de que tienes el DVD, pero espero que seas un hombre y no lo uses.

Capítulo Ocho

Esa noche volvieron a Karekare. No hablaron en todo el trayecto. Cuando llegaron, Nicole dijo que iba a acostarse.

Se despertó de madrugada y Nate no estaba en la cama. Se levantó, se puso la bata que iba a juego con el camisón y se dirigió al salón.

La habitación estaba a oscuras salvo por la luz procedente de la enorme pantalla de televisión. Nate estaba sentado en el sofá frente a ella y había una copa de vino en la mesita de centro. No la oyó entrar. Tenía los ojos fijos en la pantalla.

Nicole miró a la pantalla y deseó haberse quedado en la cama. Allí estaban los dos, haciendo el amor. En su momento, pensó que sería divertido. Al fin y al cabo, había sido ella la que lo había instigado. Como siempre, había actuado sin pensar.

Cerró los ojos, pero seguía viendo las imágenes de sus cuerpos entrelazados, de la expresión de Nate mientras le hacía cosas que no había permitido a ningún otro hombre, de cómo había confiado en él y había disfrutado de cada segundo, sin pensar en las posibles consecuencias.

Abrió los ojos, dio media vuelta y salió de la habitación antes de que Nate se diera cuenta de su presencia. Al llegar al dormitorio se quitó la bata y se metió en la cama. Volvió a cerrar lo ojos con fuerza, pero no lo suficiente para impedir que las lágrimas se derramaran por sus mejillas.

Nate estaba sentado en la oscuridad mirando la pantalla, comprobando la increíble conexión que tenía con la apasionada mujer que en aquel momento dormía en su cama.

Ya la había amenazado dos veces con el vídeo. La primera lo había hecho en serio. ¿Y la segunda? Eso había creído hasta que comenzó a verlo y se dio cuenta de que nunca lo usaría en contra de ella.

Seguía queriendo vengarse de Charles Wilson, pero no podía ni quería hacer daño a Nicole para conseguirlo. Lo que ella le había dicho esa tarde le había llegado muy dentro. Racionalmente, sabía que tenía razón, pero emocionalmente seguía siendo aquel niño dispuesto a que su padre volviera a sonreír.

Nate había comprendido desde muy pequeño que la relación entre sus padres era una anomalía con respecto a la de los padres de sus amigos. Deborah Hunter y Thomas Jackson no se habían casado, ni siquiera vivían juntos, pero formaban una unidad a la hora de educar a su hijo.

De pequeño, había preguntado a su madre por qué su padre no vivía con ellos, y su madre le había respondido con tristeza que Thomas no era como los demás padres.

Al crecer entendió lo que diferenciaba a su padre de los demás, lo cual aumentó su determinación de dar una lección a Charles Wilson. Thomas Jackson era homosexual. De haberse sabido, se habría convertido en un estigma que le hubiera hecho perder sus amistades y su trabajo.

El propio Nate había sido el resultado de un último intento desesperado de su padre de demostrar que era como los demás. Thomas se lo había contado en su última visita a Europa, antes de morir.

Había conocido a Deborah Hunter y, desesperado por negar su sexualidad, había tenido una corta relación con ella, cuyo resultado fue la concepción de Nate, lo que había convertido a Thomas y a Deborah en amigos íntimos durante el resto de sus vidas.

Cuando se enteró de todo, Nate entendió muchas cosas. Supo que su padre no podía haber tenido una aventura con Cynthia Masters Wilson, de lo que lo había acusado Charles Wilson. Era algo que este habría debido saber desde el principio si hubiera sido un verdadero amigo de Thomas. Pero era un hombre conocido por sus ideas chapadas a la antigua y sus aires de superioridad moral. Probablemente por eso, Thomas nunca le habló de su homosexualidad, por temor a perder su amistad. Pero Charles debía haber confiado en Thomas, y fue la pérdida de esa confianza lo que destrozó a su padre.

Nicole tenía razón al decir que el pasado no podía cambiarse. Pero el niño que seguía viviendo en el interior de Nate seguía sufriendo y queriendo que Charles pagara por su comportamiento.

Nate apagó la televisión con el mando a distancia. No, no usaría el DVD para hacer daño a Nicole. Su contenido les pertenecía a ambos. Pero entonces, ¿cómo conseguiría que se quedara con él? No quería dejarla marchar.

Había querido servirse de ella para atacar la empresa de su padre y, a juzgar por el viaje que ella acababa de hacer, había alcanzado su objetivo. Y le encantaba tenerla a su lado cuando su padre había dado por sentado que Nicole siempre trabajaría para Wilson Wines. Pero Nate no quería que siguiera con él para apartarla de su padre, sino por motivos que nada tenían que ver con nadie más.

Reconoció que era algo más que deseo lo que sentía por ella. La deseaba de un modo que no entendía del todo y que era incapaz de describir, de un modo que nada tenía que ver con sus planes.

Y lo asustaba.

Nicole seguía sola al despertarse por la mañana, pero oyó que Nate se estaba duchando. Se quedó tumbada preguntándose qué habría pensado él al ver el vídeo. ¿Se habría imaginado la ira y el disgusto de su padre? ¿Se lo enviaría con una carta en la que le explicara que era hijo de Thomas Jackson?

La idea de que su padre abriera la carta o comenzara a ver el DVD la puso enferma, por lo que salió corriendo de la habitación y fue al cuarto de baño de la de invitados, donde vomitó. Tiró de la cadena y apoyó ambas manos en el lavabo tratando de recuperarse. Se echó agua en las manos y las muñecas, se aclaró la boca y se lavó la cara.

Se encontraba fatal. De hecho, llevaba días sin encontrarse del todo bien. ¿Era debido al coste emocional que le suponía vivir y trabajar con Nate o había algo más? No quería pensar en la noche en que él le había dicho que el condón se le había salido mientras dormían. No quería pensar en la posibilidad de estar embarazada.

¿Embarazada? Se le hizo un nudo en el estómago al tiempo que se miraba al espejo y observaba las bolsas bajo los ojos, el pelo lacio y la palidez del rostro. Tenía que ser estrés. Estaba preocupada por su padre y Nate le producía mucha tensión.

Volvió a pensar en su padre. Quería saber cómo estaba realmente y, como no podía ir a verlo, ya que le diría claramente que no era bien recibida, solo le quedaba una opción: preguntárselo a Anna. Le mandaría un correo electrónico al llegar al despacho y quedaría con ella a comer si su amiga estaba dispuesta. Entonces, tal vez consiguiera volver a encarrilar su vida.

Compartir el despacho con Nate no la había molestado hasta ese día. Tuvo que esperar hasta casi la hora de comer, cuando él se fue a una reunión, para escribirle a Anna el correo.

En Wilson Wines ya se habrían enterado de

quién les había arrebatado el negocio, por lo que ¿respondería Anna al correo? Solo había un modo de averiguarlo. Escribió un corto mensaje y lo envió antes de tener tiempo de cambiar de opinión.

Esperó un rato sin obtener respuesta. Incapaz de soportar la espera, cerró el ordenador, agarró el bolso y se dirigió al restaurante. Si Anna se presentaba, ella estaría allí; si no, tendría que tener noticias de su padre por otra vía.

Nicole experimento un inmenso alivio al ver a Anna dirigirse hacia su mesa. Su amiga se sentó frente a ella.

—Ya he pedido para las dos —afirmó Nicole esperando que a su amiga no le importara.

—Gracias.

Nicole se asustó. ¿No sería posible la reconciliación? A juzgar por la expresión de Anna, una amistad de veintitantos años estaba a punto de irse a pique.

—No me mires así, Anna, por favor.

—¿Cómo?

—Como si no supieras si voy a pegarte o a abrazarte.

Anna sonrió, pero sin su calidez habitual.

—No estabas muy contenta conmigo la última vez que hablamos.

Era verdad. Se había sentido traicionada y atrapada. Y había empeorado lo que sentía gritándole a su amiga y huyendo. Se obligó a sonreír y apretó la mano de Anna. Esta no la retiró. En ese momento llegó el camarero con una ensalada para cada una, y fue Nicole la que retiró la mano.

Cuando volvieron a estar solas, Anna le preguntó cómo estaba.

Nicole ardía en deseos de contarle la verdad: que se había metido en un lío del que no sabía cómo salir. Sin embargo, no dijo nada. Además, recordó que el propósito de ver a su amiga era saber cómo se encontraba su padre.

Experimentó cierto alivio cuando Anna le dijo que estaba bien, porque ella no le mentiría sobre algo tan importante. Lo que le dolió fue enterarse de la facilidad con la que Judd se había asentado en Wilson Wines. Ella nunca sería capaz de estar a su altura. Cuando Anna le rogó que volviera a la empresa, que volviera a casa, se le partió el corazón.

–No puedo.

–¿Cómo que no puedes? Claro que puedes. Tu hogar está con nosotros, tu trabajo también. Vuelve, por favor.

Ojalá fuera tan sencillo. Aunque le contara a Anna lo del chantaje, ¿cómo iba a decirle que le gustaba trabajar en Jackson Importers, que se sentía más valorada y mejor considerada que en la empresa de su padre?

Se sintió avergonzada solo de pensarlo. Eludió el asunto como pudo y se centró en la disculpa que le debía a su mejor amiga. Anna la aceptó, y siguieron hablando de esto y aquello, pero de nada relacionado con el trabajo o los hombres. Lo que sentía por Nate era demasiado complicado para contárselo a Anna, ya que ni siquiera lo entendía ella.

Cuando acabaron de comer, fue casi como si todo hubiera vuelto a la normalidad, salvo porque no volvían juntas a trabajar al mismo despacho.

–Me alegro mucho de que me mandaras el correo electrónico –afirmó Anna mientras la abrazaba.

–Y yo de que sigas queriendo hablarme. No te merezco.

–Por supuesto que sí. Pago yo, ¿de acuerdo? La próxima vez me invitas tú.

–¿Estás segura? –preguntó Nicole.

–¿De que habrá una próxima vez? Claro que sí.

–No, tonta –Nicole se echó a reír con alegría.

Pero esta le duró poco, ya que estar con Anna le recordó todo lo que había abandonado, lo que había perdido debido a su conducta impulsiva. Y había otro problema añadido: que probablemente estuviera embarazada debido a esa misma conducta.

Comenzó a sentir náuseas de nuevo y, antes de que su amiga se diera cuenta de que no se encontraba bien, le dio un abrazo de despedida y se marchó.

En la calle, el sol no disipó el frío que sentía en su interior. Pensó de nuevo en lo que había perdido: a su padre y la posibilidad de relacionarse con un hermano al que no conocía y de trabajar con él en la empresa familiar. En lugar de ello, trabajaba para la competencia, y le gustaba. Tendría que buscar la forma de compensarles por lo que había hecho. Aunque Anna no le había comentado cómo se habían tomado en la empresa la pérdida de las bodegas, Nicole sabía que les habría dolido.

Durante el trayecto de vuelta a la oficina pensó que había una forma de seguir trabajando con Nate y ser leal a su padre y a la empresa. Sería difícil, pero nadie la había obligado a firmar un acuerdo de confidencialidad. Podía informar a Anna de los planes de Nate, no hasta el punto de que inmediatamente se supiera que había sido ella cuando se descubriera, lo cual estaba segura de que sucedería, pero lo suficiente para que Wilson Wines se situara en una posición de ventaja con respecto a Jackson Importers.

Satisfecha por haber hallado una salida factible a su situación, siguió conduciendo mientras trataba de desechar la idea de que lo que estaba a punto de hacer sería doloroso para quienes la habían aceptado en Jackson Importers con los brazos abiertos.

Tragó saliva para deshacer el nudo que se le había formado en la garganta. Si conseguía llevar su plan adelante, Charles la miraría con otros ojos y tendría que valorarla por lo que había hecho por él.

Nate salió de la reunión de las siete de la mañana con el jefe del departamento de tecnología sin saber si se sentía furioso con Nicole o admirado por su audacia. Durante el fin de semana, ella había estado enviando información, desde su dormitorio, a

Anna Garrick. Gracias al programa que él le había instalado en su ordenador, su equipo había conseguido averiguar qué información le había transmitido.

¿Por qué lo había hecho? Parecía contenta con el éxito que había tenido con las bodegas del distrito de Marlborough. Después habían tenido aquella maldita discusión, a causa de la cual se habían dejado de hablar en el despacho. Después, en la casa de Karekare, ella había dormido en otra habitación.

Nate no lo entendía. Ella se sentía tan atraída por él como él por ella. Y no solo físicamente. Él se estaba esforzando en satisfacer todas sus necesidades, entre ellas la de sentirse valorada en su trabajo. Le había dado todas las oportunidades para que destacara en lo que mejor hacía; sin embargo, no había bastado.

¿Qué más podía ofrecerle? ¿Y por qué lo que le había ofrecido no la había hecho feliz? ¿Necesitaba hasta tal punto contentar a su padre que estaba dispuesta a arrojar por la borda todo lo que Nate le había dado?

Tenía que detenerla: por él, por la empresa y por ella misma. Nate sabía perfectamente que Charles Wilson era un canalla obstinado que no sabía perdonar. No había perdonado a su mejor amigo y no perdonaría a su hija. Nicole no iba a recuperar la estima de su padre revelándole los secretos de Jackson Importers. Lo único que conseguiría sería anular sus posibilidades de éxito en la empresa, y él no estaba dispuesto a consentírselo.

Abrió la puerta del despacho y observó, satisfecho, que ella daba un respingo al verlo.

–Creía que estabas en una reunión.

–Sí, una reunión muy interesante. Parece que alguien de la oficina ha estado enviando información de nuestras más reciente iniciativas a Wilson Wines. Supongo que no sabrás quién ha sido, ¿verdad?

Ella palideció.

–¿Cómo…?

–Cómo lo he sabido carece de importancia. Pero tiene que acabarse ahora mismo, Nicole.

–No puedes evitarlo –replicó ella en tono desafiante mientras se levantaba–. Si me obligas a trabajar aquí y dispongo de cierta información, no puedes evitar que la transmita. No he firmado un acuerdo de confidencialidad.

–Creí que el DVD era un buen sustituto.

Sintió ganas de tomarla en sus brazos y de decirle que no pensaba usarlo en su contra. Pero tenía que detenerla, tenía que conseguir que siguiera donde se la valoraba: con él.

–Recuerda que te puedo pasar información errónea. ¿Cómo te sentirías si lo que tan alegremente están pasándole a tu amiga de Wilson Wines les causara un perjuicio? ¿Y si fuera la gota que colmara el vaso de sus problemas financieros?

Ella volvió a sentarse con expresión preocupada.

–¿Me las has pasado?

–Aún no, pero puede que lo haga de ahora en adelante. Que sea la primera y la última vez que haces algo así, o me veré obligado a tomar medidas.

–Yo...

La interrumpió el sonido de su móvil. Miró la pantalla y palideció todavía más.

–Supongo que es tu amiga.

Nicole cortó la llamada, pero el teléfono volvió a sonar al cabo de unos segundos.

–Será mejor que contestes, y dile a la señorita Garrick que en el futuro tendrán que diseñar la investigación y el desarrollo de la empresa ellos solitos.

Dicho esto, dio media vuelta y salió del despacho.

Mientras hablaba con él, Nicole pensó que las cosas ya no podían ir a peor. Pero, cuando vio el número de su casa en la pantalla del móvil, sintió miedo.

–¿Sí?

–Nic, soy Anna. Charles ha sufrido un colapso esta mañana mientras desayunaba. Judd se ha ido con él en una ambulancia. Ve al hospital central de Auckland en cuanto puedas. Tiene mala pinta.

–Pero me dijiste que estaba bien –protestó Nicole sin saber qué decir.

–Es evidente que se sentía peor de lo que daba a entender. Me tengo que ir. Nos vemos en el hospital.

Anna cortó la comunicación antes de que su amiga pudiera añadir nada más. Nicole agarró el bolso temblando y se dirigió al ascensor. Pulsó el botón de llamada varias veces.

Por fin llegó y se montó, y cuando las puertas estaban a punto de cerrarse, un brazo se introdujo entre ellas forzándolas a abrirse de nuevo.

–¿Vas a algún sitio? –preguntó Nate mientras entraba.

–Mi padre ha sufrido un colapso. Tengo que verlo, así que, por favor, no intentes impedírmelo.

La expresión de Nate cambió de inmediato.

–¿Cómo vas a ir al hospital?

–No lo sé, supongo que en taxi.

–Te llevo.

–No tienes que…

–He dicho que te llevo. No estás en condiciones de quedarte sola.

–Gracias –dijo ella con voz temblorosa mientras el ascensor bajaba hasta el aparcamiento.

En cuanto Nate detuvo el coche frente a la entrada de urgencias, ella salió disparada sin mirar si él la seguía. Al entrar vio a Anna y a su hermano.

–¿Dónde está? Quiero verlo.

–Los médicos están con él –contestó Anna en voz baja–. Todavía lo están examinando.

–¿Qué ha pasado? –preguntó Nicole dirigiéndose a Judd, más que dispuesta a echarle la culpa de la situación en que se hallaba su padre. La vida era sencilla antes de que él llegara; no necesariamente feliz, pero sí menos complicada.

–Ha sufrido un colapso mientras desayunaba –le explicó Judd.

–Creí que estabas aquí para que se sintiera mejor, no para que su salud empeorara –le espetó Nicole rompiendo a llorar.

Se les acercó una enfermera.

–Puede ver a su padre ahora, señor Wilson.

Nicole no se dio cuenta de que Judd había agarrado del brazo a Anna hasta que esta dijo:

–No, llévate a Nicole, porque necesita estar con él más que yo.

¿Qué les pasaba a esos dos? ¿Eran pareja?

–¿Vienes? –le preguntó Judd impaciente.

Nicole dejó de llorar de inmediato. ¿Cómo se atrevía a hablarle así? No era culpa suya que su padre estuviera allí, posiblemente luchando por su vida.

–Por supuesto que voy. Es mi padre.

Se quedó horrorizada al verlo. Estaba rodeado de tubos y monitores que emitían pitidos. Parecía muy enfermo, muy frágil, muy mayor. La invadió un sentimiento de culpa.

–¿Qué hace ella aquí? –preguntó su padre girando la cabeza para no verla.

Ella observó la ira y el rechazo en sus ojos. Se puso rígida y se detuvo. Las palabras cariñosas que iba a decirle se convirtieron en una píldora amarga, imposible de tragar.

–He venido a ver cómo estabas, pero como es evidente que estás bien, no creo que me necesites.

Dio media vuelta y empujó a Judd, desesperada por salir de allí. Su padre la odiaba. Era evidente que no la perdonaría por haberse pasado a la competencia. Si nunca la había escuchado, ¿por qué iba a hacerlo en esa ocasión?

Salió del hospital sin dirigir la palabra a Anna.

Nate la estaba esperando.

–¿Cómo está? –preguntó acercándosele en cuanto la vio salir.

–Sigue siendo tan canalla de siempre. Llévame a casa, por favor. Me resulta imposible volver hoy al despacho.

Nate la estudió durante unos segundos antes de asentir. Le pasó el brazo por los hombros y la atrajo hacia sí.

–Claro, lo que quieras.

En cuanto llegaron a la casa de la playa, ella lo abrazó, se desnudó y lo desnudó.

Lo arrastró al dormitorio y lo tumbó de un empujón en la cama. Le puso un preservativo y se sentó a horcajadas sobre él sin delicadeza ni palabras apasionadas. Sus movimientos eran fuertes y rápidos y, antes de que él se entregara a su ritmo frenético, se prometió a sí misma que Charles Wilson no volvería a hacerle daño.

Capítulo Nueve

Nate observó a Nicole durmiendo a su lado. Se había portado como una loca que tratara de exorcizar un demonio, como si estuviera desesperada por sustituir la pérdida y el dolor que sentía por otra cosa.

Aunque él no lamentara que lo que había sucedido en el hospital la hubiera devuelto a su cama, odiaba verla sufrir.

Nate, a partir de las conversaciones que habían tenido, se había hecho una idea de cómo había sido la vida de Nicole desde niña. No precisamente un camino de rosas, como había supuesto.

Para empezar, ella solo había tenido a su padre, que le había dado todos los caprichos, incluyendo a una amiga, Anna Garrick, que vivía bajo el mismo techo, pero no había podido compensarla por el hecho de que su madre la hubiera abandonado.

Charles vivía entregado a su trabajo. Cuando estaba con su hija, era una figura autoritaria que controlaba que hiciera los deberes, sacara buenas notas y se portara bien en la escuela. Ella se esforzaba en destacar en los estudios con la esperanza de ganar su aprobación, pero él apenas la elogiaba. Y cuando no cumplía sus expectativas…

No era de extrañar que, en aquel momento, Nicole se sintiera abandonada por ambos progenitores. Nate sabía que sufría, pero no qué hacer para ayudarla. También sabía que era responsable de parte de su sufrimiento.

Y podía solucionarlo destruyendo el DVD y dejando libre a Nicole.

Ella murmuró en sueños mientras él la atraía hacia su pecho. No, si había aprendido algo en los últimos días, era que no quería dejarla marchar.

Charles Wilson no se la merecía. Él, en cambio, haría todo lo que estuviera en su poder para que no le faltara de nada. Y era indudable que llegaría un día en que eso sería suficiente.

Durante el resto de la semana, Nicole dedicó su energía a dos cosas: a Nate y al trabajo. El viernes por la tarde estaba hecha polvo. La falta de sueño y la concentración que le exigía el trabajo mientras cerraba el último contrato con las bodegas le habían provocado una horrible jaqueca.

Mientras Nate y ella se dirigían al piso, deseó haber vuelto a la casa de la playa, cuya tranquilidad era justo lo que necesitaba en aquel momento. Irían al día siguiente por la tarde.

Le sonó el móvil, pero no le hizo caso. Debería haber apagado el maldito aparato al salir del despacho. Al fin y al cabo, todas las llamadas se relacionaban con el trabajo o eran de Anna, que la había ido poniendo al día sobre el estado de su padre.

Nicole se negaba a pensar en la situación de su padre, que no presentaba buenas perspectivas. Se negaba de plano a reconocer que la persona que más había influido en su vida pudiera desaparecer pronto si las cosas no mejoraban. Pero Charles la había rechazado en el hospital.

¿Tan difícil era quererla? Sintió una opresión en el pecho al pensarlo. Su madre la había abandonado y su padre la odiaba.

Nate le agarró la mano.

–¿Te encuentras bien? Estás muy pálida.

–Tengo jaqueca.

Él la miró, preocupado, y le acarició la mejilla antes de volver a agarrar el volante.

–No parece que tengas fiebre. ¿Crees que debes ir al médico? Llevas toda la semana con mal aspecto.

–Han sido unos días muy estresantes, ya lo sabes. Solo necesito un calmante y un mes durmiendo.

–No puedo prometerte un mes, pero no protestaré si te quieres quedar todo el fin de semana en la cama.

Nicole esbozó una sonrisa. No le cabía la menor duda de que estaría encantado de pasarse todo ese tiempo en la cama con ella. Él le tocaría el cuerpo como si fuera un afinado instrumento. No obstante, en aquel momento, lo último que la apetecía era tener relaciones sexuales.

–Puedo cambiar de planes para esta noche –añadió él–. No me gusta dejarte sola si no estás bien.

–No, no –protestó ella–. El ensayo de la boda de Raoul es importante. Debes ir.

–¿Estás segura?

–Claro que sí –lo único que deseaba era un baño caliente, un calmante y dormir.

Cuando llegaron al piso, Nate fue directamente al dormitorio para vestirse para el ensayo y la cena posterior que tendría lugar en uno de los mejores hoteles de Auckland.

Raoul había invitado a Nicole a la boda, pero ella se había negado a ir alegando que se sentiría una intrusa. La boda sería al día siguiente a mediodía, y ella había pensado en ir al despacho para adelantar trabajo.

Media hora después estaba sola. Llenó la bañera y se tomó dos calmantes antes de desnudarse y meterse en el agua.

Oyó que el móvil sonaba en el salón. Suspiró, no había prisa en ir a comprobar quién llamaba. Si Nate la necesitaba y no podía comunicarse con ella por el móvil, llamaría al teléfono fijo del piso. ¿Y quién más iba a querer hablar con ella?

Cerró los ojos y apoyó la cabeza en el borde de la bañera para que el agua y los calmantes le hicieran efecto.

Al salir se puso un albornoz. No tenía sentido ponerse un camisón, ya que Nate se lo quitaría en cuanto llegara. Sonrió al pensarlo. Se le había quitado el dolor de cabeza y estaba hambrienta. Podía ver una película mientras cenaba, en vez de acostarse pronto como había pensado. Y cuando Nate volviera, saldría a recibirlo desnuda y sonriente. La idea cada vez le parecía mejor.

Pero, en primer lugar, tenía que ver quién había llamado. Había dos llamadas perdidas y un mensaje de voz. Nicole identificó inmediatamente el número de teléfono de su casa y se quedó petrificada. ¿Habría vuelto a empeorar su padre?

Escuchó el mensaje y se quedó sorprendida al oír una voz femenina desconocida.

–Soy Cynthia Masters Wilson y quiero hablar con Nicole Wilson. Querría comer contigo mañana, a la una, si estás libre –dijo el nombre del restaurante antes de proseguir–: Creo que ya es hora de que nos conozcamos, ¿no te parece?

Nicole se quedó mirando fijamente el teléfono. ¿Su madre? ¿Después de todo el tiempo que había pasado? Se sentó en el sofá porque le empezaron a temblar las piernas.

Llevaba toda la vida diciéndose que no quería conocer a la mujer que tan despiadadamente la había abandonado cuando tenía un año de edad, sin jamás intentar ponerse en contacto con ella ni verla. Al principio se dijo que no le importaba, ya que tenía a Anna, a su padre y a la madre de Anna. No necesitaba en absoluto a Cynthia Masters Wilson.

Pero ¿qué le quedaba en aquel momento? Nada. Llevaba toda la semana tratando de llenar el vacío que sentía en su interior trabajando como una bestia y haciendo el amor con Nate. Pero, si era sincera consigo misma, ninguna de las dos actividades había conseguido rellenar el hueco que el rechazo de su padre le había dejado.

Aquel era el primer intento de comunicación de

su madre en veinticinco años. ¿Y si quisiera enmendarse? ¿Y si las razones para abandonar a Nicole tuvieran una justificación y el remordimiento por su ausencia fuera genuino? Sin duda debía tener un motivo para ponerse en contacto con su hija al cabo de tanto tiempo.

La curiosidad pudo más que la precaución. Vería a Cynthia, le resultaba imposible llamarla mamá, y trataría de hallar respuestas.

Muy nerviosa, entró en el restaurante. A medida que se acercaba pensó que se había equivocado al decidir acudir a la cita. ¿De qué iban a hablar? Y si su madre quería hacer las paces e incluso establecer una relación madre hija, ¿por qué lo hacía en un lugar público? Verse en privado hubiera sido más adecuado.

–Usted debe de ser la señorita Wilson –dijo el *maître* mientras ella permanecía en la entrada sin saber si quedarse o marcharse–. Sígame, por favor. Su madre la está esperando.

La mayor parte de las mesas estaban ocupadas. En una del fondo había una solitaria figura.

Nicole tragó saliva para deshacer el nudo que se le había formado en la garganta. Para no mirar a aquella mujer, sonrió al *maître* cuando este separó una silla de la mesa, y mantuvo la mirada baja rebuscando en el bolso hasta que lo dejó en el suelo. Después alzó la vista.

Fue como si se viera a sí misma veinticinco años

más tarde: los mismos ojos; el mismo pelo, aunque el de Cynthia tenía canas; y los mismos rasgos.

–Bueno, querida, esto promete, ¿no crees? –dijo Cynthia con una sonrisa forzada.

Eso no estaba en la lista de las cosas que se había imaginado que le diría su madre por primera vez. Nicole se enfureció.

–¿Por qué ahora?

–¿Cómo? ¿Nada de «hola mamá, encantada de conocerte, por fin»? –volvió a dedicarle una falsa sonrisa–. No te culpo por estar enfadada, pero debes comprender que he sido tan víctima de tu padre como tú o tu hermano.

¿Víctima? A Nicole le pareció que eso era distorsionar la realidad. Se había demostrado que su hermano era hijo de Charles. Este creyó que su esposa había tenido una aventura con Thomas Jackson. No se imaginaba al padre de Nate metiéndole esa idea en la cabeza a su padre, por lo que solo quedaba una persona en aquel peculiar triángulo.

–Veo que no me crees –Cynthia suspiró–. Me lo temía. Vamos a pedir la comida y esperemos que podamos hablar.

Aunque Nicole no tenía ganas de comer, le dijo lo que quería al camarero. Una vez les hubieron servido el vino, esta continúo hablando.

–Eres toda una belleza. Lamento no haberte visto crecer. Lo más difícil que he hecho en mi vida fue abandonarte y dejarte con tu padre. Pero sabía que te quería y que te protegería. Yo haría lo mismo con Judd.

–¿Cómo pudiste abandonarme así? –le espetó Nicole. Llevaba toda la vida esperando la respuesta.

Sorprendida, vio que los ojos de Cynthia se llenaban de lágrimas.

–¿De veras crees que quería abandonarte? Tu padre no me dejaba acercarme a ti. Cuando llegó a aquella ridícula conclusión sobre Thomas y yo, ni siquiera me dejó verte. Nos sacó a Judd y a mí del país en un abrir y cerrar de ojos.

Sus palabras y su expresión apenada parecían sinceras. Nicole quiso creerla, pero sin hablar con su padre o su hermano antes, no había modo de saber si decía la verdad.

–Podías haberme escrito –dijo Nicole sin ceder ni un ápice.

–Lo hice muchas veces a lo largo de los años, pero me devolvían las cartas, por lo que supongo que tu padre había dado órdenes a sus empleados a ese respecto.

Nicole reconoció que hubiera sido propio de su padre, pero habían pasado veinticinco años. Ella ya era una persona adulta a la que se podía acceder por medios que no controlara su padre.

Cynthia percibió su escepticismo y agitó la mano.

–Todo eso forma parte del pasado y no podemos cambiarlo. Pero ahora sí nos podemos conocer. Dime dónde vives. Judd me ha explicado que te mudaste hace unas semanas. Siento mucho que no hayáis tenido tiempo de conoceros. Ahora me alojo en la casa. Esperaba que pudiéramos estar todos juntos, como antes.

–¿No te ha dicho Judd por qué me marché?

Cynthia la miró con dureza y dejó el tenedor en la mesa. Bebió un sorbo de agua antes de contestar.

–Me dijo algo, pero prefiero que me lo cuentes tú.

Nicole soltó un bufido. Seguro que Judd prefería que se lo contara ella. Sin duda le habría dado una versión aséptica de lo ocurrido aquella noche.

–Mi padre y yo disentimos sobre sus planes para Judd y creí que lo mejor era alejarme de ambos por un tiempo.

–¿Dónde vives?

–Con Nate Hunter –no quiso que supiera la relación de Nate con Thomas Jackson. Por lo que sabía, en Wilson Wines nadie conocía a Nate por el apellido paterno. Era el señor Hunter incluso en la oficina–. Es el director de Jackson Importers. Trabajo con él.

Su madre palideció bajo el maquillaje.

–¿Tiene alguna relación Jackson Importers con Thomas Jackson?

–Era su empresa antes de morir –afirmó Nicole con precaución.

Cynthia frunció el ceño.

–¿Hunter? ¿No será Deborah Hunter la madre de Nate?

Nicole se puso tensa. ¿Había establecido su madre la conexión?

–Sí, puede que sí.

–Así que era verdad. Había rumores de que Thomas y Deborah eran pareja, pero nunca se demostró. Charles, por supuesto, desdeñó la idea. Dijo que si Thomas tuviera una relación con una mujer, sería el primero en saberlo. Como si se fijara en algo que no fuera Wilson Wines. En cualquier caso, me dijeron que ella había tenido un hijo sin casarse, pero como no se movía en los mismos círculos que yo cuando vivía aquí, no volví a pensar en ello.

Nicole no supo qué decir. Si su madre lo había averiguado tan fácilmente, ¿por qué no había hecho lo mismo su padre?

De pronto, Cynthia agarró a Nicole por la muñeca.

–Tienes que marcharte de aquí, querida. No se puede confiar en nadie relacionado con Thomas Jackson. ¿Quién crees que le mintió a tu padre sobre mí y arruinó nuestro matrimonio? Piensa en el daño que sus mentiras han hecho a nuestra familia. Si Thomas está contigo es porque quiere atacar a tu padre.

Oírselo decir a su madre solo sirvió para empeorar la situación de Nicole, ya que no tenía motivos para pensar que el deseo de venganza de Nate hubiera cambiado. Ella seguía siendo su mejor arma.

–Dime, Nicole, ¿tiene Nate algo que puede usar en tu contra? ¿Te ha obligado a quedarte con él?

–¿Tan difícil te resulta creer que estoy con él solo porque me trata bien y me valora? –incluso al pronunciar esas palabras, Nicole supo que su madre se daría cuenta de que eran mentira.

Cynthia la miró apenada.

–Lo quieres, ¿verdad?

–¡No! –exclamó Nicole al tiempo que se preguntaba si era verdad. ¿Lo quería? ¿Cómo iba a hacerlo? Ella era su amante, su cautiva y su colega. El arma para vengarse de su padre.

–Nuestra relación nos conviene a ambos.

–Espero que sea verdad, porque estoy segura de que, si se parece a su padre, tendrá un plan, que probablemente sea vengarse de Charles por haber echado a Thomas a la calle.

–¿Cambiamos de tema, por favor? Preferiría no seguir hablando de mi relación con Nate. Además, creí que querías conocerme.

–Tienes toda la razón, perdona –Cynthia sonrió, esa vez de verdad, y cambió de tema.

Al volver al piso, Nicole se hallaba en un dilema. Cuando no habían hablado de Nate o de su padre, Cynthia había resultado una excelente compañía. Le había hablado de su casa en Adelaida y de los primos de Nicole, que vivían allí. ¡Tenía primos! Y no había podido conocerlos. Judd lo había hecho, además de haberse ganado el interés de su padre, y el hogar y el trabajo que la pertenecían. No le quedaba absolutamente nada.

Capítulo Diez

Nate notó que pasaba algo en cuanto entró en el piso. Nicole miraba por la ventana con una copa de vino en la mano, y su lenguaje corporal le indicaba que no se le acercara. Estaba muy tensa.

Aunque Nate sabía que había visto su reflejo en el cristal, ella no dio muestras de haberse percatado de su presencia.

—¿Qué ha pasado? ¿Es tu padre? —preguntó él, aunque estaba seguro de que si Charles hubiera muerto se habría enterado por los asistentes a la boda de Raoul.

—No, se trata de mi madre.

—¿De tu madre? Creí que vivía en Australia.

—Pues parece que no, que se ha mudado a mi antigua casa. Parece que todo el mundo tiene un sitio allí, salvo yo.

—¿Te ha llamado?

—Hemos comido juntas.

Nate se quedó atónito cuando ella se dio la vuelta. Tenía los ojos llenos de lágrimas. Instintivamente la abrazó y lamentó no haber estado con ella cuando lo había necesitado. Nate sospechaba que había sido Cynthia la que había mentido a su marido y provocado la ruptura entre Thomas y él.

–Desde que me di cuenta de que no tenía madre quise saber por qué, incluso después de convencerme de que no la necesitaba. Quería saber por qué no tenía su amor incondicional como el resto de mis amigas lo tenían de la suya. Quiere que nos conozcamos, ahora, al cabo de veinticinco años. ¿Puedes creértelo?

Nate no dijo nada.

–Yo no me lo creo. Y a pesar de todo, desearía hacerlo, porque ¿qué niña no desea pensar que su madre la quiere?

Nate la separó para poder verle la cara.

–Me parece que no te deberías fiar de sus motivos, Nicole.

–Es gracioso: ella me ha dicho lo mismo de ti.

–¿Ah, sí? ¿Por qué?

–Te ha calado. Ha dicho que probablemente seas como tu padre. Y parece que conoció a tu madre, no mucho, claro. «No nos movíamos en los mismos círculos» dijo imitando la voz de Cynthia.

Nate sintió un escalofrío.

–Lo digo en serio, Nicole. Hay algo que no cuadra en el hecho de que haya venido después de tanto tiempo, y con tu padre tan enfermo. Podía haberse comunicado contigo en cualquier momento en todos esos años. Creo que no deberías tener nada que ver con ella.

Nicole se soltó de su abrazo.

–Eso es cosa mía, ¿no crees?

Él se dio cuenta de que se había pasado de la raya. Había dicho lo que pensaba y sabía que tenía razón. No se podía confiar en Cynthia y no quería que a Nicole volvieran a hacerle daño, pero tampoco que discutieran por ello.

–Desde luego –afirmó–. ¿Todavía quieres ir a la playa?

Nicole bebió un sorbo de vino.

–Me da igual.

–Vámonos, nos hará bien salir de la ciudad.

–Claro –afirmó ella, sin entusiasmo.

Acabó el vino y llevó la copa a la cocina. La aclaró, la metió en el lavaplatos y fue al dormitorio de él, que volvían a compartir. Se movía de modo automático. Y Nate pensó que se había refugiado mentalmente en un lugar al que él no podría acceder.

La boda de Raoul había sido agradable y relajada, con mucha gente que él conocía. Sin embargo, se había pasado contando los minutos que faltaban para marcharse y volver con Nicole. Estar con ella había dejado de tener que ver con vengarse de su padre. Lo pasado, pasado estaba. Lo que en aquel momento deseaba, que era a Nicole, se hallaba en el presente y quería que siguiera siendo así.

Nicole iba en silencio en el coche pensando en su madre, que después de tantos años había vuelto y pretendía decirle lo que debía hacer. Parecía que todos los que la rodeaban pretendían lo mismo, y ella se lo consentía. Su vida estaba patas arriba. Incluso se le había retrasado la regla.

Sintió un escalofrío. ¿Estaría embarazada?

No estaba preparada para eso. No tenía una relación con Nate que pudiera proporcionar un ambiente adecuado para el desarrollo de un niño, sin contar con su ignorancia supina de cómo ser madre.

Había estado siempre tan centrada en su trabajo y en destacar en él que no había pensado en crear un hogar y formar una familia. Aunque quisiera, no sabía cómo hacerlo. Y no soportaba la idea de demostrar que era cierta la profecía de su padre.

En aquel momento en que todo en su vida escapaba a su control, el destino no podía ser tan cruel.

–¿Podemos parar cuando veas alguna tienda? He olvidado unas cosas.

–Claro –respondió Nate.

Cuando se detuvieron, él le preguntó:

–¿Quieres que te acompañe?

–No hace falta, no tardaré –dijo ella bajándose del coche a toda prisa.

Él se quedó en el vehículo y ella se dirigió a las tiendas que había al lado. Si entraba en la primera farmacia que viera, él se daría cuenta y le preguntaría a qué había ido.

Había una tienda al lado que, aunque no tenía el tamaño de un supermercado, seguro que venderían pruebas de embarazo. Entró y buscó en los estantes con la esperanza de encontrar lo que necesitaba. Allí estaba. Agarró el paquete y se dirigió a la caja. Agarró asimismo crema hidratante y una barra de cacao. Guardó la prueba en el bolso; lo demás serviría de camuflaje por si Nate hacía preguntas.

En menos de cinco minutos estaba de vuelta.

–¿Has comprado todo lo que necesitas?

–Sí, gracias. Me faltaban un par de cosas.

Él la miró con detenimiento y a ella se le pusieron los pelos de punta. Nunca se le había dado bien mentir.

–Muy bien, vámonos.

Ella, aliviada, se recostó en el asiento. Hizo un cálculo: hacía más de tres semanas que se conocían, aunque a ella le parecía que llevaban toda la vida juntos. Por tanto, le quedaba otra semana antes de que él comenzara a hacer preguntas.

Durante el resto del viaje, Nate la entretuvo hablándole de la boda de Raoul y de los asistentes. Imitó a algunos de los miembros más ancianos de la familia de su amigo, y Nicole rio.

Ninguno de los dos tenía una familia extensa; ni tíos, ni primos, ni abuelos…

–Hay gente muy afortunada –afirmó ella mientras se aproximaban a la casa.

–¿Por qué?

–Por la riqueza que supone tener a tantos familiares en tu vida.

–No sé si a Raoul se lo parecería cuando su tío abuelo hizo un brindis por los amigos ausentes. Se tiró un cuarto de hora.

Ella volvió a reírse. Debiera haber ido a la boda en vez de ir a comer con su madre y estaría mucho más contenta.

–De todos modos, tiene que ser bonito crecer en ese entorno.

Nate la tomó de la mano y se la apretó.

–Te entiendo perfectamente.

Entraron en la casa en silencio. Nicole fue inmediatamente al cuarto de baño. Echó el pestillo y sacó la prueba de embarazo del bolso. Leyó las instrucciones con mano temblorosa. Eran sencillas y las siguió al pie de la letra.

La espera se le hizo interminable. Oía a Nate en el dormitorio. Tenía que acabar de una vez.

Se obligó a mirar la barrita. ¡El resultado era negativo! Se sintió llena de júbilo. Volvió a meter todo en la caja, la aplastó cuanto pudo y la tiró a la papelera. Echó por encima algunos pañuelos de papel arrugados. Eso bastaría hasta que pudiera vaciar la papelera en la bolsa de la basura.

Tiró de la cadena y se lavó las manos. Se sentía enormemente aliviada, pero, al mismo tiempo, tuvo un sentimiento de pérdida. ¿Tan terrible hubiera sido tener un hijo de Nate? A pesar de que no tenían una relación, tal vez algo bueno hubiera surgido de ello, algo que sirviera para acabar con el enfrentamiento que Thomas Jackson y su padre habían tenido años antes.

Además, si tenía un hijo, ¿no la querría el niño de manera incondicional? Y ella le correspondería con toda el alma.

Se miró al espejo y negó con la cabeza ante sus fantasiosas ideas. Había tenido que esforzarse mucho para llegar adonde estaba en su profesión y no iba a dejarlo todo, ni siquiera por el sueño de una perfecta vida familiar.

No, las cosas estaban mucho mejor como estaban, y no había tiempo ni espacio en su vida para un bebé, sobre todo en aquellos momentos en que todo era tan complicado.

Nate había empezado a odiar los domingos por la tarde. Le encantaba estar en la casa de la playa, y más desde que lo acompañaba Nicole. Pero, por algún motivo, la semana que estaba a punto de comenzar le producía aprensión.

Ese fin de semana, Nicole estaba distinta. Lo atribuyó a los sentimientos que le había producido ver a su madre, pero sabía que había algo más. Incluso en la cama notó que realizaba los movimientos de modo automático. Había alcanzado al clímax; no era ese el problema, sino la distancia mental que lo separaba de él. Con todo lo que había sucedido en las semanas anteriores, el único momento en que caían todos los velos eran cuando tenían relaciones íntimas.

Pero ya no les quedaba ni siquiera eso.

Estaba preocupado. Había ocurrido algo que había hecho cambiar a Nicole. Si hablaba con ella solo obtenía una respuesta educada y, si trataba de profundizar, ella cambiaba de tema.

No sabía qué hacer, pero la estaba perdiendo y no estaba dispuesto a aceptarlo.

Fue al garaje para meter la bolsa de la basura en el maletero del coche. Era más fácil llevarla al contenedor del edificio de su piso de la ciudad que dejarla fuera el día designado para la recogida.

La estaba metiendo en otra bolsa para evitar escapes de líquido cuando el plástico se rompió y se derramó un poco de basura. Maldijo en voz baja y recogió lo que había caído. Al hacerlo observó una caja que despertó su interés.

La separó del resto. ¿Una prueba de embarazo? La sacó de la caja, pero ya había pasado demasiado tiempo desde que se había usado para ver el resultado. De todos modos, que Nicole hubiera tenido que hacérsela fue suficiente para que se le aceleraran los latidos del corazón.

Su primer impulso fue ir a preguntarle por el resultado, pero se quedó donde estaba para tratar de tranquilizarse.

¿Nicole embarazada? No se le ocurría nada más agradable que verla embarazada de su hijo, que vivir juntos el embarazo hasta que el niño o la niña hubiera nacido, que formar una familia con Nicole.

El corazón le latió con fuerza al pensarlo. Una familia, juntos, y para siempre. Era lo que siempre había deseado, aunque se lo había negado a sí mismo porque no era capaz de confiar en los demás, por temor a que le hicieran daño y a sufrir como lo había hecho ante la situación de su padre. Pero tenía la oportunidad de olvidarse de toda aquella amargura y de forjar algo nuevo.

No era de extrañar que Nicole hubiera estado distante durante el fin de semana. Probablemente le preocupara cómo decírselo y cómo se lo tomaría. Tendría que esmerarse en convencerla de que se ocuparía del bebé y de ella.

Echó la caja en la bolsa y la ató. Unos minutos después, mientras se lavaba las manos, pensó en lo que diría a Nicole. No era un tema fácil de abordar. ¿Cómo se le decía a una mujer a la que se estaba chantajeando que quería pasar con ella el resto de su vida?

Buscó a Nicole en la casa. Miró por la ventana y la vio en la playa, de pie en la orilla. ¿Cómo podría convencerla de que todo iría bien y de que confiara en él?

Nate tomó la decisión de decírselo sin más preámbulos. Había aprendido hacia tiempo que de vez en cuando había que arriesgarse, sobre todo cuando se trataba de algo tan importante como aquello.

Sin pensarlo dos veces, se dirigió a la playa. Nicole debió percibir que se acercaba, porque se volvió a mirarlo.

—Tenemos que hablar, Nicole.

—¿De qué?

Nate se metió las manos en los bolsillos.

—Ya sé lo que te preocupa y quiero que sepas que todo saldrá bien. Cuidaré de ti. Cuando nos casemos no tendrás que preocuparte de nada, te lo prometo.

—¿Cuando nos casemos?

—Desde luego, ya que no hay nada que nos lo impida. Sabemos que somos compatibles. Podrás seguir trabajando, si lo deseas. Sé lo importante que es para ti tu profesión.

Nicole se echó a reír.

Nate frunció el ceño, molesto por su forma de reaccionar.

–¿Qué he dicho?

–¿Por qué iba a querer casarme contigo?

–Por supuesto que te casarás. Se lo debemos al bebé. Sabes tan bien como yo lo que es crecer con unos padres separados. Nuestra situación no es ideal, pero puede funcionar. Me juré hace tiempo que cuando tuviera hijos me casaría con la madre, y eso es lo que voy a hacer.

–¿Qué te hace pensar que estoy embarazada?

–Estás distinta desde hace dos días y ya sé por qué. He visto la caja, Nicole. Sé que te has hecho la prueba.

Nicole lo miró horrorizada. ¿La había encontrado? ¿Cómo? ¿Había registrado la bolsa de la basura? ¿Tan dispuesto estaba a controlar todos los aspectos de su vida? Desechó la idea porque en su fuero interno sabía que él no era así.

–¿Y? ¿Crees que porque esté embarazada tenemos que casarnos? Estás anticuado, ¿no te parece?

–Anticuado o no, mi hijo no será ilegítimo.

–Claro que no.

¿Cómo se atrevía a ser tan dictatorial? ¿Acaso no le importaba lo que ella pensara o sintiera? Las cosas no tenían que ser como él dijera. Aun estando embarazada, lo último que se le ocurriría sería casarse con un hombre que no la quería.

Había quedado claro que ella no contaba en absoluto cuando Nate había dicho «mi hijo» en lugar de «nuestro hijo». No iba a casarse con él de ningún modo.

–Entonces, está decidido: nos casaremos. No tiene que ser una gran boda. Ya pensaremos algo durante las próximas semanas.

–No soy una cosa de la que puedas disponer a tu antojo, sino un ser humano. Ya he tenido bastante con que mi padre me haya tratado de esa manera, así que no voy a tolerar que hagas lo mismo –hizo una pausa porque se le había ocurrido algo–. Mi padre… ¿se trata de eso? ¿Quieres casarte conmigo como paso siguiente de tu venganza?

–¡No! –protestó él inmediatamente. Pero ¿cómo iba a creerle?

–¿En serio?

–Mira, sé que no ha sido una proposición muy romántica, pero…

–¿Romántica? –ella se echó a reír con aspereza–. No voy a casarme contigo, Nate. No estoy embarazada y no quiero casarme contigo, así que puedes meterte tu proposición donde quieras.

Echó a andar hacia la casa pensando que no podía hacerle más daño del que le había hecho. Le gustaba trabajar en Jackson Importers porque disfrutaba de una libertad que no tenía en Wilson Wines. Además, Nate y ella eran totalmente compatibles en la cama. Eso había sido lo único que la había mantenido cuerda las semanas anteriores: saber que por la noche hallaría el olvido en sus brazos.

Pero en aquel momento estaba tan furiosa que

apenas veía dónde pisaba. Entró en la casa. Vio por la ventana que él seguía en la playa y miraba hacia la casa. Se apartó de la ventana y trató de controlar sus emociones.

Lo maldijo por haberle pedido que se casara con él. No deseaba casarse, sino hacer bien su trabajo, un trabajo que reflejara lo que ella era. El trabajo carecía de sentimientos y no le haría daño si las cosas se torcieran.

Sin embargo, se preguntó cómo se sentiría de haber sido otra la situación. Si hubiera estado embarazada, si la proposición de Nate hubiera sido la de formar una familia con ella, si le hubiera dicho que la quería… ¿lo hubiera rechazado con tanta rapidez? Sabía que su respuesta hubiera sido afirmativa. Compartía con él la idea de que un niño debía crecer en una unidad familiar en un entorno estable y amoroso. Con ello había soñado de niña.

Tenía que ser sincera consigo misma. Con independencia de sus sentimientos hacia Nate, al no haber hablado de amor, estaban destinados al fracaso. Criar a un hijo implicaba un compromiso, y cuando los padres no estaban comprometidos entre sí y vivían bajo el mismo techo, a la larga, aquel hogar era desgraciado.

Y eso, lamentablemente, la devolvía al punto de partida: era un peón en un juego donde ella no podía mover pieza y tenía que limitarse a esperar el jaque mate cuando Nate consiguiera vengarse de Wilson Wines.

Quería salir de aquella situación. Pero ¿cómo?

Capítulo Once

Tumbado en la cama, Nate oía respirar a Nicole, que le había dado la espalda desde el momento en que se acostaron. Desde que habían vuelto de la playa, ella apenas le había dirigido la palabra, y no podía culparla, ya que se había portado como un estúpido al pensar únicamente en sí mismo y en lo que deseaba.

Llevaba semanas utilizándola desvergonzadamente y había esperado que aceptara sin discutir su proposición matrimonial, sin considerar lo que significaba para ella.

Se había dado cuenta de que lo que sentía por Nicole iba mucho más allá del mero deseo de vengarse, era mucho más profundo de lo que estaba dispuesto a reconocer. Y se había percatado cuando ella lo acusó de que su proposición formaba parte de su venganza. En ese momento cayó en la cuenta de que no había pensado en Charles Wilson al encontrar la prueba de embarazo, sino solo en Nicole y en el bebé.

Todo lo que le importaba en la vida estaba relacionado con ella, con la mujer que lo había rechazado sin contemplaciones en la playa.

A pesar de que él no aceptaba una negativa por

118

respuesta, en esa ocasión tendría que hacerlo. Había complicado las cosas entre los dos de tal modo que no veía una salida.

A pesar de que ella siguiera con él y lo hiciera mientras pudiera amenazarla con el DVD, ¿qué demostraba eso? Nada, salvo que, de poder elegir, ella no estaría con él; una verdad que le resultaba extremadamente dolorosa.

Sabía que la amaba y que no se imaginaba la vida sin ella. Nate no quería casarse solo para criar a un hijo, que, por otro lado, había sido fruto de su imaginación, sino para quererla y pasar el resto de la vida con ella. Y deseaba que ella lo correspondiera.

Pero no sabía qué hacer, a pesar de lo bien que se le daba resolver problemas. Se sentía impotente.

¿Cómo convencerla de que sus intenciones eran sinceras? Lo había intentado en la playa, pero de forma equivocada, pues le había ordenado lo que debía hacer en vez de preguntarle qué le parecía.

Apartó la ropa de cama, se levantó y salió de la habitación. La luz de la luna iluminaba la casa, fría y oscura, como el futuro que lo esperaba sin Nicole a su lado. Tenía que encontrar una solución: su felicidad dependía de ello.

Seguían comportándose educadamente el uno con el otro, pensó Nicole mientras examinaba unos informes. Se mascaba la tensión entre ambos.

Nate le había dicho que fuera en su coche ese

día porque él tendría que quedarse hasta tarde con unos clientes, de lo cual ella se alegró, porque estarían separados durante un tiempo. Se marchó aliviada del despacho.

Apenas entró por la puerta del piso, el teléfono comenzó a sonar. Se apresuró a responder la llamada.

–Dígame.

–Nicole, cariño, esperaba encontrarte en casa. ¿Qué tal el fin de semana? –preguntó su madre.

–Bien, fuimos a la casa de la playa.

–¿Has pensado en lo que te dije de los Jackson? No me parece buena idea que sigas viviendo con ese hombre.

–Soy una persona adulta, Cynthia, y hace mucho que decido por mí misma.

–Ya lo sé, pero déjame aconsejarte en esta ocasión porque sé mejor que tú de lo que estoy hablando.

Nicole tuvo que reprimir el deseo de colgar para que Cynthia dejara de meterse en su vida.

–¿Querías decirme algo más?

–Pues sí.

A Nicole le pareció que la voz de su madre se había alterado.

–Las cosas no están yendo aquí como pensaba y he decidido volver a Adelaida. Me encantaría que vinieras conmigo. Me marcho mañana por la mañana. Te dejaré un billete en el mostrador de facturación.

–No creo que…

Cynthia la interrumpió.

–No decidas ahora mismo, por favor. Piénsalo. No hemos tenido la oportunidad de conocernos. En Adelaida podríamos estar juntas y aprender a entendernos, y podrías conocer a tus primos. Al fin y al cabo, eres una Masters y tienes todo el derecho a estar conmigo.

¿Marcharse así, sin más? ¿Con su padre enfermo y con la amenaza de Nate de enviarle el DVD?

–Muy bien, lo pensaré.

–Estupendo –dio a Nicole los detalles del vuelo–. Espero verte mañana. Me muero de ganas.

Cynthia colgó antes de que su hija pudiera añadir nada más.

Nicole estaba aturdida. Su vida estaba destrozada. ¿Podía ser la propuesta de su madre el modo de volver a empezar, algo que necesitaba desesperadamente? ¿Podía sencillamente marcharse sin importarle las consecuencias de que Nate mandara el DVD a su padre? No le cabía duda alguna de que él lo haría. No descansaría hasta arruinar a su familia. Ella ya había cumplido su cometido, por lo que no la necesitaba. Pensándolo bien, podía deshacerse de ella del mismo modo que lo había hecho su padre.

¿Estaba dispuesta a dejar que Nate hiciera daño a su padre sin tratar de intervenir? ¿Y a acabar aquella relación de una vez por todas?

***

Cuando Nate se despertó, la cama estaba vacía. Al llegar la noche anterior después de tomarse unas copas con sus clientes, Nicole estaba profundamente dormida.

Miró el reloj de la mesilla. Era mucho más tarde de la hora a la que solían levantarse. Era evidente que ella se había ido al despacho.

Se levantó y fue a la cocina, donde se tomó un plátano y casi un litro de zumo de naranja, para aplacar la resaca. No tenía tiempo para más si quería recuperar el tiempo perdido.

Después de ducharse y vestirse, tomó un taxi.

—¿No viene la señorita Wilson con usted? —le preguntó April al entrar en la oficina.

Nate comenzó a inquietarse.

—¿No está en el despacho?

—No. Creí que vendría con usted.

—Avíseme si llama, por favor —le pidió él mientras se dirigía a su oficina, desde donde llamó al portero de su casa.

Cinco minutos después tuvo la confirmación de que Nicole había salido en su coche poco después de las cinco de la mañana. Otra llamada le confirmó que había llegado al aparcamiento de la oficina poco después y que se había vuelto a marchar diez minutos más tarde.

¿Dónde demonios estaba?

Volvió a teclear el número de Nicole y recibió la misma respuesta: que estaba apagado o fuera de cobertura. Pensó en su propio móvil, que llevaba sin sonar toda la mañana, y se lo sacó del bolsillo. La noche anterior lo había apagado y no había recordado volver a encenderlo. Esperó a que se iluminara la pantalla: había una llamada perdida y un mensaje de voz. Pulsó las teclas y oyó la voz temblorosa de Nicole.

—No puedo seguir contigo, Nate, Me está destrozando lentamente. Haz lo que quieras con el DVD, me da igual. Lo único que sé es que si no me alejo de ti, de todos, voy a perder el juicio. Llevo toda la vida tratando de serlo todo para todos, pero no puedo continuar haciéndolo. Tengo que cuidar de mí misma y, para variar, aprender a pensar en mí antes que en los demás. Estoy harta de que me digan lo que debo hacer. Mi madre me ha pedido que vaya con ella a Adelaida. Por favor, no trates de ponerte en contacto conmigo.

Había dejado el mensaje aproximadamente a las seis de la mañana, y parecía estar llorando al final. Nate experimentó un inmenso deseo de protegerla. Tenía que encontrarla. Necesitaba que alguien la cuidara mientras se recuperaba; alguien como él; no, desde luego, como Cynthia Masters Wilson.

Recordó que el teléfono móvil de Nicole tenía GPS, con el que podía localizarla dondequiera que estuviese. Llamó al informático de la empresa y este le prometió que lo conectaría y que, al cabo de unos minutos, le diría dónde estaba el móvil. Mientras esperaba, Nate buscó en el ordenador las salidas del aeropuerto internacional de Auckland. Con suerte no sería tarde para evitar que Nicole se marchara.

Sus esperanzas se desvanecieron cuando vio que el único vuelo directo a Adelaida esa mañana había salido a las ocho.

La ira y frustración que experimentó dieron paso a la determinación de subirse al primer avión que saliera para Australia y hacer que Nicole volviera.

Sonó el teléfono del escritorio.

–Nate, el GPS indica que el teléfono está aquí. ¿Estás seguro de que Nicole no está escondida en el despacho?

A Nate no le hizo gracia la broma. Abrió el cajón donde Nicole dejaba sus cosas. Allí estaba el móvil, con una nota en la que ella le decía que ya no lo necesitaba. Nate cerró el cajón lentamente, dio las gracias al informático y colgó.

Cerró los ojos y pensó en lo que haría. Volar a Adelaida era una opción clara, pero antes de hacerlo necesitaba algo que lo respaldara. ¿Y qué mejor respaldo que el apoyo del hermano de Nicole?

Fue a agarrar las llaves del coche y recordó que lo había dejado en casa. Había una parada de taxis cerca de la oficina y fue hasta allí para tomar uno.

–Quiero ver a Judd Wilson –dijo al llegar a la recepción de Wilson Wines, un cuarto de hora después.

–El señor Wilson no recibe hoy –le contestó la recepcionista.

Sin hacerle caso, Nate comenzó a subir las escaleras que conducían al despacho de la dirección de la empresa.

–¡Oiga, no puede subir!

–Ya lo creo que puedo –afirmo él subiendo los escalones de dos en dos.

Al final de la escalera vio a una mujer a la que reconoció: era Anna Garrick.

–¿Señor Hunter? –dijo ella con una expresión de sorpresa que sustituyó rápidamente por una máscara profesional.

–¿Dónde está Wilson? Tengo que verlo.

–El señor Wilson sigue en el hospital.

–No me refiero a Charles Wilson. Quiero ver inmediatamente a Judd Wilson.

–Tome asiento y veré si puede recibirle.

–No voy a esperar. Dígame dónde está. Es importante.

–¿Ah, sí? –dijo un voz masculina–. No te preocupes, Anna. Lo veré en el despacho.

–¿Dónde está Nicole? –le preguntó Nate sin tiempo para presentarse y ser cortés.

–¿Por qué no vamos a mi despacho y hablamos?

Judd Wilson lo miró con frialdad. Lo que recordó a Nate que estaba en su terreno y no podía irle con exigencias. Entró en el despacho y se sentó en una silla frente a un gran escritorio de caoba.

Si Jackson Importers era una empresa moderna, Wilson Wines era lo contrario. Había una sensación de longevidad.

Esa sensación le produjo envidia. Todo aquello debiera haber sido también de su padre, parte de su herencia. Pero la prioridad, en aquellos momentos, era averiguar dónde estaba Nicole.

–¿Y si me dice lo que desea? –Judd se sentó.

–Nicole se ha marchado. Tengo que saber dónde está para traerla de vuelta.

–Mi hermana es una mujer hecha y derecha. Si no puede localizarla es porque ella no lo desea.

–No está en sus cabales en estos momentos. Ha estado sometida a mucha presión y no creo que sea capaz de tomar decisiones racionales. Debe ayudarme, por favor.

–¿Deber? Creo que no. Ella se marchó para irse con usted, ahora lo ha abandonado. ¿Qué le hace creer que lo ayudaremos a traerla de vuelta?

–Creo que se ha ido a Adelaida con su madre.

Judd se recostó en la silla y enarcó una ceja.

–No, no puede haberlo hecho –dijo Anna Garrick desde la puerta.

–¿Por qué no? –preguntó Nate.

–Porque su pasaporte sigue en la caja fuerte.

Entonces, Nate no tenía ni idea de dónde podía estar. Sería como buscar una aguja en un pajar. Además, no tenía derecho a averiguarlo. Ella se había marchado por propia voluntad rompiendo todos los vínculos con él.

–Gracias– dijo con la voz quebrada al tiempo que se levantaba y se dirigía a la puerta.

–¿Puedo preguntarle por qué está tan desesperado por encontrarla?

–Porque la quiero y he cometido el error más estúpido de mi vida al dejarla ir.

Capítulo Doce

El viernes por la noche, Nate estaba hecho polvo: incapaz de concentrarse y con los nervios de punta. Jamás se había sentido tan impotente.

No era de mucha ayuda que todo lo que lo rodeaba le recordara a Nicole: desde las lociones y perfumes en el cuarto de baño a las prendas que había en el cesto de la ropa sucia. En el despacho seguían su teléfono móvil y su ordenador.

Se preguntaba dónde estaría. Estuvo a punto de denunciar su desaparición a la policía, pero pensó que se reirían de él, ya que Nicole era una persona adulta.

Alguien debía saber dónde estaba. Pensó en Anna Garrick.

Decidió ir a casa de los Wilson. Al acercarse en el coche no pudo evitar admirar la mansión gótica. Se dirigió a la puerta y llamó con la aldaba.

Le abrió un hombre uniformado.

–Quiero ver a la señorita Garrick, por favor– dijo después de dar su nombre.

–Un momento, señor. Siéntese en el salón mientras voy a buscarla.

Nate no sabía si Anna estaba jugando con él o estaba realmente ocupada, pero tuvo que esperarla veinte minutos antes de verla aparecer en el salón. Debió hacer un esfuerzo para reprimir la impaciencia y recordar que estaba allí para saber si Anna sabía dónde estaba Nicole.

Anna lo saludó y le ofreció algo de beber, pero él no quiso tomar nada. Ella se sentó en un elegante sofá mientras él deambulaba por el salón.

—¿En qué puedo ayudarle, señor Hunter?

—Nate, por favor, llámame Nate.

—Muy bien, Nate, ¿qué quieres?

Él tragó saliva y eligió las palabras con cuidado.

—¿Sabes algo de Nicole?

—Si lo supiera, ¿crees que ella querría que te lo dijera?

Nate suspiró.

—Entonces, deduzco que has tenido noticias de ella. ¿Está…?

—Está bien, pero no quiere verte, ni a ti ni a nadie.

—Tengo que verla —afirmó el.

Anna negó con la cabeza.

—¿No te basta con saber que está bien?

—¿Tú qué crees? —le preguntó él con expresión dolorida—. La quiero, Anna. Debo decirle que me perdone y que me dé otra oportunidad.

—Traicionaría su confianza si te dijera dónde está. Ya lo hice recientemente, y no voy a repetirlo, ya que estuvo a punto de arruinar nuestra amistad.

—¿Crees que no lo sé? Te lo ruego.

—No puedo. Nicole debe saber que puede confiar en mí.

A Nate le pareció que una bola de plomo se le había instalado en el estómago. Anna era su última esperanza.

–Yo también quiero que sepa que puede confiar en mí –afirmó con la voz quebrada mientras se disponía a marcharse–. Gracias por haberme recibido. Si la ves, dile, por favor… Da igual, no va a cambiar nada.

La compasión que expresaban los ojos de Anna le llegó al corazón. Nicole era afortunada al tener una amiga así. Salió de la casa y se dirigió hacia el coche. Mientras bajaba las escaleras de la entrada oyó que alguien corría detrás de él.

–Espera.

Era Judd Wilson.

–¿Qué? –preguntó sin siquiera tratar de fingir una cortesía que no sentía.

–Sé dónde está.

–¿Y me lo vas a decir?

–Anna me matará, pero alguien tiene que darte una oportunidad. Es evidente que estás sufriendo. Nicole y tú tenéis que solucionar esto como sea. Os lo merecéis –le dio una dirección al norte de Auckland, a unas dos horas y media en coche–. No hagas que me arrepienta. Si vuelves a hacerle daño, tendrás que vértelas conmigo.

Nate le tendió la mano y se sintió muy aliviado cuando Judd se la estrechó.

–Te debo una –afirmó Nate con solemnidad.

–Sí, pero ya hablaremos más tarde –respondió Judd en tono grave.

Nate asintió y fue hacia el coche. Tenía que pasar un momento por el piso antes de ir a ver a Nicole porque debía recoger algo. Era tarde, pero tal vez ella no se hubiera acostado cuando llegara. Y si lo había hecho, esperaría a que se levantara.

Nicole se quitó la arena de los pies con una toalla. Los paseos de noche por la playa arenosa de Langs se habían convertido en un hábito para conseguir fatigarse y poder dormir.

Desde que había tomado la decisión de abandonar a Nate y de enfrentarse a las consecuencias, apenas había pegado ojo. Sabía que él aún no le había mandado el DVD a su padre. Anna la mantenía informada de su estado, y su salud parecía mejorar, lo cual cambiaría si llegaba a ver el video.

Aunque ese pensamiento la acosara, si era sincera consigo mismo reconocía que no dormía sobre todo porque echaba de menos a Nate.

La puerta crujió al abrirla para entrar en la casa de vacaciones que había alquilado. Después de dejar en el despacho el ordenador y el móvil que Nate le había dado, se dirigió hacia el norte y solo se detuvo para pagar el peaje de la autopista y para comprar un móvil barato en una gasolinera.

No sabía por qué había elegido aquella zona, salvo porque estaba cerca del mar y no se parecía a la costa oeste, donde Nate tenía la casa.

Si lo que pretendía era no acordarse de él, no lo había conseguido.

Cerró la puerta y fue a la cocina, tal vez una taza de manzanilla la ayudara a dormir. Se puso tensa al oír los neumáticos de un coche por el paseo de gravilla que llevaba a la casa. Solo Anna sabía que estaba allí y no hubiera ido a verla sin avisarla antes.

Oyó unos pasos pesados que se aproximaban antes de que alguien llamara a la puerta con tres golpes fuertes.

Con el corazón acelerado se aproximó a la puerta.

–Nicole, soy yo, Nate.

¿Cómo la había encontrado?

–Nicole, por favor, no he venido a hacerte daño ni a discutir. Solo quiero hablar contigo.

Ella vaciló durante unos instantes antes de abrirle con mano temblorosa.

La incredulidad se apoderó de ella al verlo iluminado por la luz de la bombilla desnuda del porche. Se inquietó por su aspecto. Parecía que llevaba días sin dormir ni comer como era debido. Lo único que deseó fue consolarlo

Luchó consigo misma para no tenderle los brazos y ofrecerle un respiro. Inspiró profundamente y mantuvo los brazos pegados al cuerpo.

–Entra –le dijo mientras se apartaba y le señalaba con un gesto el interior.

–¿Quieres algo caliente de beber?

–No, gracias. ¿Cómo estás?

Vertió agua caliente en la taza con la bolsita de manzanilla y se la llevó a una de las sillas del salón. Nate se sentó en el sofá, enfrente de ella.

–Estoy bien. Mira, no sé a qué has venido, pero no voy a cambiar de opinión. Lo que escribí en el mensaje iba en serio.

Nate se sacó una caja plana del bolsillo. Ella la reconoció. Él trató de dársela y, como ella no la agarró por miedo a rozarlo, la dejó en la mesita que había entre ambos.

Nicole notó que su negativa a tomarla lo había sorprendido. Miró la caja, tan anodina aparentemente, pero tan perjudicial en potencia.

–Es tuya.

–¿Es una copia?

–La única que existe –afirmó él alzando la vista para mirarla a los ojos–. No se la he mandado a tu padre porque no puedo hacerte eso, Nicole. No podría hacerte tanto daño. Ya sé que te he amenazado con enviársela más de una vez, pero, aunque no me hubiera enamorado de ti, no habría abusado de tu confianza de esa manera.

Nicole se quedó atónita. ¿Lo había oído bien o era un truco para que volviera con él?

–Pareces muy decidido, pero ¿por qué voy a creer que has cambiado de idea?

Su voz le resultó irreconocible a ella misma: dura e implacable.

Él agachó la cabeza.

–No merezco que me creas, pero espero que me entiendas –volvió a levantar la cabeza. Tenía los ojos angustiados–. Sé que me he portado como un monstruo. Tenía que haberte dicho desde el principio quién era; tenía que haberte dejado en aquel bar esa noche. Pero no pude. Algo me impulsaba a estar contigo. Te deseaba y tenía que poseerte.

Nicole agarró la taza con fuerza, sin importarle lo caliente que estaba. Al oírle decir que la deseaba, su cuerpo ya había comenzado a responder y a anhelar sus caricias.

–Y una vez que me hubiste poseído me utilizaste –afirmó ella con amargura.

–Lo siento. Sé que te parecerá una expresión trillada, vacía y carente de valor, pero créeme, por favor. Siento haberte tratado así. Si tuviera una segunda oportunidad, haría las cosas de otro modo.

Nicole pensó que ella también. Para empezar, si no se hubiera marchado de su casa aquella noche, no se habría perdido en los brazos del hombre que más daño podía hacerle. El corazón se le aceleró al reconocer la dolorosa verdad: no podía fiarse de él. Era un maestro en el arte de la manipulación y llevaba toda la vida guardándole rencor a su padre.

–¿Eso es todo? –preguntó con frialdad.

–No, no es todo. Podría pasarme la noche entera diciéndote lo que lamento haberte tratado tan mal. Te quiero, Nicole. Me avergüenza que haya tenido que perderte para reconocerlo, pero así es. Ese día en la playa en que te pedí que te casaras conmigo, me engañé diciéndome que era por el bien del bebé. ¿Estás dispuesta a darme otra oportunidad? Déjame reparar el daño que te he causado, déjame amarte como te mereces.

Nicole hizo un leve gesto negativo con la cabeza. Él insistió.

–No lo decidas ahora mismo, por favor. Piénsatelo durante unos días. Vuelve a la ciudad, vuelve conmigo. Volvamos a intentarlo y te prometo que esta vez lo haré bien.

–No –dijo ella sintiendo que se le partía el corazón–. No puedo, Nate. No confío en que no vuelvas a hacerme daño. A mí o a mi familia –tampoco confiaba en sí misma porque lo quería mucho. Si regresaba, si volvía a estar con él, volvería a formar parte de sus planes. Y no estaba dispuesta a que eso sucediera.

Nate la miró durante varios segundos. Después asintió lentamente y se levantó. Ella no se movió mientras él cruzaba la habitación y se dirigía a la puerta. Al oír que esta se cerraba se estremeció y comenzó a sollozar.

Nate se había ido porque ella lo había obligado. Pero eso era lo que quería, ¿no?

Nate llegó al coche aturdido. Ella lo había rechazado. De las posibilidades que había imaginado, la peor se había hecho dolorosa realidad.

Cuando llegó a la ciudad se sintió exhausto al entrar en el piso, que le pareció vacío sin Nicole. A pesar del cansancio que sentía no quería dormir. Tenía que hallar el modo de convencer a Nicole de que confiara en él y de que su amor por ella era verdadero. Debía haber un modo, ya que era incapaz de imaginarse el resto de la vida sin ella a su lado.

Era algo impensable.

Capítulo Trece

Nate bajó del coche que había aparcado frente a la casa de los Wilson. No había dormido en toda la noche. Llamó a la puerta y retrocedió unos pasos esperando que alguien le abriera.

Tuvo que esperar un poco, pero la puerta acabó abriéndose y apareció Judd Wilson, en bata y pijama. Estaba despeinado y se había atusado el pelo antes de abrir la puerta para parecer presentable.

–¿Sabes qué hora es?

–Sé que es muy temprano, pero tengo que hablar contigo y no puedo esperar.

–Entonces, entra –Judd lo miró con dureza.

–¿Quién es, Judd? –la voz de Anna les llegó desde lo alto de la escalera.

–Nate Hunter.

–¿Y Nicole? ¿Está bien?

Anna bajó también en bata.

–Estaba bien cuando la dejé –afirmó Nate–. No quiere verme, pero espero que, juntos, la hagamos cambiar de idea.

Anna y Judd se miraron antes de que este hablara.

–Tienes que resolver tus problemas tú solo. Mi hermana es responsable de sus decisiones.

–Lo sé, pero tengo que haceros una propuesta que tal vez os interese, porque os beneficia a vosotros y a Wilson Wines, y que demostrará a Nicole que la quiero.

–Será mejor que nos lo cuentes después de comer algo y tomar un café –dijo Anna.

–Desde luego –afirmó Judd–. Vamos a la cocina.

Mientras Anna hacía café, Nate comenzó a explicarles el plan. Judd estuvo callado casi todo el tiempo, salvo para pedirle alguna aclaración. Cuando Anna les puso un plato de tostadas con beicon y una taza de café, Nate les hizo un resumen.

–Por tanto, os propongo que fusionemos Jackson Importers y Wilson Wines y formemos una gran empresa, en vez de ser dos pequeñas compañías que compiten entre sí. Así debió ser en un principio y ahora depende de nosotros que lo sea.

–Merece la pena que estudiemos la idea –dijo Judd–. Pero, ¿por qué ahora?

–Porque no veo el motivo de que sigamos siendo víctimas de la pelea de nuestros padres.

–¿De vuestros padres? –preguntó Anna–. ¿Eres..?

–Sí, soy el hijo de Thomas Jackson.

Judd se recostó en la silla y lo miró.

–¿Estás seguro de que eso es lo quieres?

–Nunca he estado más seguro de nada en mi vida.

–Entenderás que no pueda hacer nada hasta haber hablado con mi padre y con Nicole.

–Lo comprendo. Y si es posible, me gustaría estar presente cuando hables con tu padre. Creo que es hora de que olvidemos el pasado y su amargura, que lleva haciendo sufrir a muchas personas demasiado tiempo.

Nicole echaba de menos tanto a Nate que le causaba un profundo dolor. Por las noches soñaba con él y durante el día trataba de olvidarlo sin conseguirlo. Ojalá se hubieran conocido en circunstancias normales. Ojalá pudiera fiarse de que la quería por sí misma, no por su deseo de venganza.

Había creído que alejarse de la ciudad y de él serviría para algo, pero lo único que había conseguido era aumentar la intensidad de sus sentimientos.

¿Cómo podía querer a Nate? Prácticamente la había secuestrado, retenido contra su voluntad y obligado a trabajar con él.

La atracción que experimentaron la primera noche en el bar había sido mutua e instantánea. Al menos por su parte ¿Y por la de él? Era discutible.

Haberlo visto la noche anterior le había resultado difícil. En otras circunstancias lo habría llevado al dormitorio, lo habría desnudado y lo habría castigado lentamente por su comportamiento.

La invadió una ola de calor al pensarlo. Agarró una chaqueta, se puso unas zapatillas deportivas y bajó a la playa a pasear. Cuando llegó a uno de los extremos se levantó viento y poco después comenzó a llover.

Al llegar a la casa entró corriendo, se quito la

chaqueta y la colgó de la barra de la ducha para que se secara. Fue a la cocina a encender el hervidor de agua para prepararse un té y vio que el móvil indicaba que había mensajes.

Y no solo mensajes, sino también llamadas perdidas, todas de Anna. ¿Qué sería tan importante un sábado por la mañana? Su padre seguía mejorando en el hospital y estaban a punto de darle el alta. Todos los mensajes decían lo mismo: que Nicole la llamara inmediatamente.

En cuanto sonó el teléfono, Anna contestó.

–Nic, Judd tiene que hablar contigo. Te lo paso.

–¿Qué tal estás? –preguntó su hermano.

–Bien. Hace mal tiempo, pero, por lo demás, todo va bien –era paradójico que en una de las escasas conversaciones que había tenido con Judd se dedicaran a hablar del tiempo.

–Me alegro. Mira, iré directo al grano. Tengo un asunto importante sobre Wilson Wines del que tengo que hablarte, pero no por teléfono. ¿Puedes venir a la oficina el lunes?

¿El lunes? Claro que podía.

–Desde luego. ¿A qué hora?

–Sobre las once, así tendrás tiempo de llegar tranquilamente.

–Allí estaré.

Judd no añadió nada más y colgó después de que ella le confirmara que iría. Claro que la relación entre ambos no era la de dos hermanos normales. No habían tenido la oportunidad de que lo fuera.

Nicole se preguntó de qué querría hablarle. Supuso que le pediría que volviera a Wilson Wines a retomar su puesto. Tal vez así pudiera reparar el daño que había hecho a la empresa al trabajar para Jackson Importers.

El lunes por la mañana, Nicole se puso en camino demasiado pronto. Tras otra noche plagada de sueños sobre Nate, necesitaba distraerse.

Le resultó raro dejar el coche en la plaza del aparcamiento donde lo hacía siempre, pero la sensación no fue nada comparada con la de entrar en el edificio. Todo seguía igual. No sabía por qué había esperado que se hubiera producido algún cambio. Le habían pasado tantas cosas desde la última vez que había estado allí que supuso que el paso del tiempo también tendría que notarse en el edificio.

La recepcionista le dijo que Judd la esperaba en el piso de arriba. Anna estaba al final de las escaleras y le dio un rápido abrazo.

–¿Sabes qué pasa? –preguntó Nicole.

–Es mejor que te lo cuente Judd –replicó ella sonriendo–. Te espera en el antiguo despacho de tu padre.

–¿En su antiguo despacho? ¿Es que no va a volver?

–Es poco probable. Aunque se encuentra mucho mejor, no podrá seguir trabajando.

Nicole se quedó perpleja. Su padre había sido el puntal de la empresa, no podía imaginársela sin él al frente.

–¿De eso quiere hablarme Judd?

–Ve a verlo.

Nicole se dirigió al despacho de su padre, que ya sería el de Judd. Él se levantó cuando ella llamó a la puerta y entró.

–Me alegro de que hayas venido –le dijo, primero tendiéndole la mano y después abrazándola–. No hemos comenzado con buen pie nuestra relación, ¿verdad?

Teniendo en cuenta que cuando él había llegado, Nicole había estado de morros todo el tiempo, como si fuera una niña malcriada, y que unos días después se marchó de casa de malas maneras, Judd se había quedado corto.

–No –reconoció ella con una sonrisa nerviosa.

–Esperemos que podamos solucionarlo, si estás dispuesta.

–Desde luego. Hasta puede que nos acabemos cayendo bien.

Judd le sonrió y, en esa sonrisa, ella reconoció el humor de su padre, lo cual hizo que se sintiera instantáneamente más cómoda con él. Su hermano comenzó a contarle por qué le había pedido que viniera.

–¿Que ha sido idea de Nate? ¿Que quiere fusionar las empresas?

Nicole se levantó y se acercó a la ventana ¿Nate? ¿Fusionar Jackson Importers con Wilson Wines?

¿Qué había sido de sus deseos de venganza? ¿Cómo era que habían desaparecido si los abrigaba desde niño?

El trato era más beneficioso para Wilson Wines, y eso lo sabían Nate y ella, ya que, como su padre no podía seguir trabajando, al frente de la empresa se hallaba Judd, que no tenía experiencia. Si Jackson Importers quería acabar con ella, era el momento justo. ¿Por qué, en lugar de eso, Nate les tendía la mano?

–Ha sido idea suya y, después de discutirlo con él y de hacer números, estoy dispuesto a aceptar. Tiene lógica y, además, cierra una puerta que lleva demasiado tiempo abierta, lo cual permitirá a ambas familias curarse las heridas.

Nicole negó con la cabeza. Le resultaba increíble.

–¿Estás seguro de que no tiene motivos ocultos?

–De momento, nosotros ganaríamos mucho más que él con la fusión. Seguro que eres consciente de ello, ya que has trabajado con él y sabes lo fuerte que es su empresa en el mercado nacional y en el extranjero. Es cierto que Wilson Wines aportaría una reputación establecida y respetada, pero a menos que nos modernicemos y nos expandamos, seremos cada vez más débiles y él más fuerte.

Nicole volvió a sentarse. ¿Le había dicho Nate la verdad el viernes anterior cuando había ido a verla? ¿Estaba dispuesto a olvidar el resentimiento y la hostilidad sin más ni más? ¿Era la oportunidad de reconciliar a las familias?

141

Después de todo lo sucedido, ¿era la oportunidad para Nate y ella?

–¿Y quieres que te dé mi opinión hoy? Necesito tiempo para pensarlo.

–Sé que hay mucho sobre lo que reflexionar. Anna y yo llevamos dos días haciéndonos a la idea, pero no puedo tomar la decisión yo solo. Te afecta a ti también.

–No es así –dijo ella sintiendo de nuevo la antigua acritud–. Tienes la mayor parte de las acciones de la empresa. Te guste o no, tienes que tomar tú la decisión, Judd.

Este agarró un sobre de encima del escritorio y se lo tendió.

–Toma. Tal vez lo que contiene te haga cambiar de idea.

Ella agarró el sobre.

–¿Qué hay dentro?

Él se echó a reír.

–Nada que vaya a hacerte daño. Ábrelo.

Ella lo hizo. Dentro solo había una hoja de papel: un traspaso de acciones de la empresa, para ser exactos. Al leer los términos del traspaso, a Nicole se le pusieron los ojos como platos. Judd le entregaba todo lo que su padre le había dado. Ni la mitad, ni menos de la mitad: todo. Si firmaba aquel papel, controlaría Wilson Wines y la toma de decisiones sobre su futuro.

–¿Has perdido el juicio?

–En todo caso, lo he recuperado. He aprendido contra mi voluntad que una vida guiada por la venganza no es tal, y creo que Nate lo acaba de descubrir. He estado a punto de perder a Anna por mi deseo de que nuestro padre pagara por habernos abandonado a nuestra madre y a mí. No quiero perder nada más. Y Nate tampoco.

–Todos hemos sufrido, Nicole, pero merecemos ser felices. Sé que hago lo correcto al darte esto y sé que tú también harás lo correcto.

–¿Eres feliz ahora, Judd?

–Con Anna, sí. Vamos a casarnos. Sé que sois muy amigas, por lo que quiero que sepas que cuidaré de ella.

Nicole se recostó en la silla, lo miró y sonrió. Y lo hizo de verdad; era su primera sonrisa genuina en mucho tiempo.

–Más vale que lo hagas o tendrás que vértelas conmigo.

–Lo tendré en cuenta –dijo él asintiendo con la cabeza–. Vamos a ver, ¿qué te parece tomarte hoy y mañana para reflexionar? Anna tiene una carpeta lista para que te la lleves y puedas analizar en profundidad la propuesta de Nate.

Nicole se montó en el coche aún sorprendida por las noticias que le había dado Judd. Al preguntar a su amiga, ella había reconocido su amor por Judd, pero le había dicho que no lo harían público hasta que Charles volviera a casa. Ya les había dado su bendición.

Mientras arrancaba, Nicole se dijo que tenía mucho en que pensar. Se dirigió a la autopista, pero, de pronto, cambió de idea, y dio la vuelta.

El hospital estaba poco concurrido, dada la hora del día, y encontró fácilmente aparcamiento. Al entrar se dirigió a la habitación de su padre con la esperanza de que accediera a verla. Si, como Judd había dicho, todos se merecían ser felices, ya era hora de que padre e hija se dijeran unas cuantas verdades. Las heridas, antiguas y recientes, solo se cerrarían cuando todo hubiera salido a la luz.

Se asustó al verlo recostado en las almohadas y con lo ojos cerrados. La enfermedad lo había hecho perder mucho peso y estaba muy pálido.

—Papá…

Su padre abrió los ojos y ella sintió alivio al ver que en ellos brillaba su inteligencia habitual.

—Has vuelto.

El tono de su voz no traslucía nada, pero ella observó que le temblaba la boca y que tenía los ojos empañados.

—Claro que he vuelto, papá. Te echo de menos.

—Ven aquí, mi niña —dijo él con voz temblorosa y abriendo los brazos. Nicole se sentó a su lado y dejó que la abrazara teniendo cuidado con los cables y los monitores a los que seguía conectado—. Yo también te he echado de menos. He tenido mucho tiempo para pensar y sé que te debo una disculpa; varias, en realidad.

—No, papá, no es necesario. Siempre actúo sin pensar. Debí haberme quedado en casa. Hubiéramos hallado una solución.

–Sí, es necesario. Nunca te he dado una oportunidad, ¿verdad? Estaba tan furioso porque te hubieras pasado al enemigo que al verte en urgencias me puse hecho un basilisco. Pero fue un error. La familia es lo primero. Debí haberte consultado cuando decidí ponerme en contacto con Judd para que volviera. Me equivoqué al tomar decisiones que te afectaban sin decírtelo.

–No pasa nada, papá, lo entiendo. Me hizo daño, pero lo entiendo. No tuviste la oportunidad de educar a Judd como hubieras querido. Te viste privado de todo eso.

–Y todo a causa de una mentira –afirmó su padre con tristeza–. ¿Lo sabías? Tu madre que dijo que Judd no era hijo mío. La creí y también lo hice cuando me dijo que el padre era mi mejor amigo. ¡Cuántos años perdidos!

–Pero ahora puedes compensarlo –afirmó ella, contenta de no haberse ido a Australia con Cynthia.

–Durante el tiempo que me quede –respondió su padre–. El orgullo es algo terrible. A causa de él perdí a mi esposa, a mi hijo, a mi mejor amigo y la salud. Si pudiera volver atrás, actuaría de un modo completamente distinto. Tal vez entonces hubiera sido el esposo que Cynthia necesitaba. He tomado muchas decisiones equivocadas en mi vida, muchas de ellas con respecto a ti.

–Sé que crees que te estaba frenando en Wilson Wines y supongo que así era. Pero es que veía mucho de mí en ti. Estabas decidida a dedicar la vida al negocio sin tener en cuenta nada más. Siempre he

145

deseado lo mejor para ti, pero al ver que seguías mi mismo camino, tuve que hacer algo para detenerte. Te mereces mucho más que una empresa. Te mereces una vida plena con un esposo y unos hijos. No debes centrar todas tus energías en la empresa y el dinero, como yo he hecho.

—Pero me encanta mi trabajo, papá. Lo he echado de menos.

—Creí que al ponerte límites en el trabajo dedicarías más tiempo y energía a las relaciones sociales. No debí haber tomado esa decisión por ti. Seguro que has tenido más libertad con el tal Nate Hunter que conmigo. No lo niegues. Vio algo bueno y lo aprovechó.

—Tienes que saber algo sobre él, papá.

—¿Además de que es un temible oponente? Aunque solo sea por eso, lo admiro.

Nicole no sabía cómo decírselo, así que no se anduvo con rodeos.

—Es hijo de Thomas.

Su padre cerró los ojos y suspiró.

—Eso explica muchas cosas. Otra vida dañada. También le debo una disculpa. ¿Estáis juntos?

Ella negó con la cabeza.

—Lo estábamos, pero yo rompí con él. Me quería por razones equivocadas.

—¿Como cuáles?

—Para empezar, para vengarse de ti.

Su padre se echó a reír.

—De tal palo, tal astilla. No puedo culparle. Tenía muy buenas razones para hacerlo.

146

Nicole apenas podía creer lo que acababa de oír. Su padre se había pasado la vida hablando mal de Thomas Jackson y... ¿se reía al saber que Nate quería vengarse de él?

–¿No estás enojado?

–Ya no –dijo él suspirando–. Cuando eres consciente de tu mortalidad, ves las cosas de modo distinto.

–Judd me ha cedido el control de la empresa –le espetó ella.

–¿Ah, sí? Es algo que depende de él. No debía haber creado esa división entre vosotros, pero era importante para mí que Judd volviera a casa y que tú consiguieras un equilibrio vital.

Era de noche cuando Nicole se marchó del hospital. Se había quedado con su padre toda la tarde y habían hablado como nunca lo habían hecho.

Mientras, e abrochaba el cinturón de seguridad reconoció que se sentía feliz por el lugar que ocupaba en el corazón de su padre.

Ya tenía todas las cartas en la mano y había dejado de ser un peón para convertirse en jugadora.

Solo le quedaba una cosa por hacer.

Capítulo Catorce

Los faros delanteros del coche iluminaron una comadreja en la curva. Por fortuna, Nicole pudo sortearla y concentrarse en lo que la aguardaba.

No había encontrado a Nate en el despacho al llamarlo ni tampoco lo había encontrado en su piso.

Solo quedaba la casa de la playa.

Qué apropiado que aquello fuera a acabar donde había empezado.

Era liberadora la idea de haber acabado con las limitaciones previas que le habían impuesto y que había consentido que continuaran en la edad adulta. De todos modos, se sintió nerviosa al aproximarse a la casa. Aparcó frente al garaje y rodeó el edificio para llegar a la entrada principal. Llamó al timbre varias veces seguidas.

La puerta se abrió.

–¡Nicole!

Nate parecía asombrado de verla, pero ella sintió que sus ojos la examinaban como si la acariciaran. Su cuerpo traidor comenzó a reaccionar. Apartó sus ojos de los de él.

–Tenemos que hablar –dijo con brusquedad–. ¿Puedo entrar?

Él se echó a un lado y le indicó que tomara asiento en el salón.

–¿Quieres tomar algo?

–No es una visita social –observó ella. Era importante establecer los parámetros con claridad desde el principio–. Necesito saber una cosa.

–Pregunta. Te responderé en la medida de mis posibilidades.

–¿Sigues jugando a algún juego con mi familia con tu propuesta de fusionar las empresas?

Él pareció sorprendido.

–¿Ya lo sabes?

–Judd me llamó para que volviera a Auckland a hablar de ello. Me ha dado un informe por escrito, que aún no he leído. Quería hablar antes contigo para decidir si lo leo o si lo echo a la chimenea.

–No se trata de un juego.

–Entonces, ¿es eso lo que de verdad quieres?

Él la miro directamente a los ojos y ella vio la sinceridad reflejada en ellos.

–Sí.

–¿No lo haces para arruinar a mi familia o hacerle daño?

–No.

Ella inspiró profundamente.

–¿Ni para hacérmelo a mí?

–Ni para hacértelo a ti, Nicole. Nunca fue mi intención. Quise darte todas las oportunidades para que tuvieras éxito.

–Entonces, ¿por qué lo haces?

Nate suspiró y se inclinó hacia delante, apoyó los

149

codos en los muslos y entrelazó los dedos. La miró fijamente.

–He hecho esa propuesta por tres buenas razones. La primera es que es lógica desde el punto de vista del negocio. Si dejamos de competir entre nosotros estaremos en una posición más fuerte a la hora de comenzar nuevos proyectos. Está todo en el informe. Cuando lo leas verás de qué hablo.

Nicole asintió.

–De acuerdo, esa es una de las razones. ¿Y las otras dos?

–Ya es hora de olvidar las peleas que tanto daño han hecho a las dos familias. Alguien tenía que dar el primer paso y decidí hacerlo yo. Es cierto que crecí en un entorno duro, pero muchos niños lo hacen. Y tuve más ventajas que la mayoría. Aunque mi madre y yo viviéramos de forma muy precaria, mi padre me dio la mejor educación posible. Y tener que luchar me hizo fuerte y resuelto; me hizo lo que soy hoy. Con defectos, sin duda, pero sé lo que está bien y lo que no. Debo olvidar la ira y el dolor para seguir adelante. El orgullo puede ser mortal. No quiero que destruya todo lo que amo.

Nicole volvió a asentir. Su padre le había dicho más o menos lo mismo. Se lo contó a Nate.

–Me gustaría verlo si le parece bien. Tenemos muchas cosas que decirnos.

–Creo que eso le gustará. El otro día le hablé de ti. Estaba segura de que me diría que quería que Wilson Wines y Jackson Importers siguieran compitiendo indefinidamente, pero su enfermedad lo ha hecho cambiar, ha reflexionado, y ha modificado su perspectiva.

Se calló durante unos instantes mientras reflexionaba sobre lo que le había dicho su padre.

–¿Y la tercera razón?

–Ya la sabes.

Nicole lo miró desconcertada. Al ver que ella no decía nada, Nate prosiguió.

–Te quiero.

–¿Eso es todo? –comenzó a sentirse escéptica.

–Sí, eso es todo –afirmó él riéndose entre dientes–. Pero no esperaba semejante respuesta.

–No es eso lo que he querido decir… –protestó ella, pero él la interrumpió.

–Nicole, sabía que, después de lo que te había hecho pasar, tendría que hacer algo para que creyeras que te quería sin ninguna duda. Y me hallaba en desventaja debido a los errores que he cometido en nuestra relación. Cuando en la playa te pedí que nos casáramos pensando que estabas embarazada, estaba dispuesto a hacer lo que fuera para protegeros a ti y a nuestro hijo, pero te lo planteé muy mal. Tienes que comprenderme, ya que yo fui un hijo ilegítimo. Está claro que no es lo peor que me podía haber pasado, y no era el único niño de familia monoparental en mi clase, pero quería algo más para mi hijo.

Se levantó y comenzó a pasear por la habitación con las manos metidas en el bolsillo. Nicole percibió la tensión en todo su cuerpo.

–Sigue –le pidió–. Cuéntame lo demás.

Él se quedó donde estaba, junto a la ventana, mirando la playa oscura.

—Deseaba que, a diferencia de lo que me sucedió a mí, a mi hijo no le faltara de nada y que supiera que era querido. Aunque mi madre y yo pasamos muchas dificultades, aunque sufrí acoso escolar porque era distinto, porque mi madre compraba en las tiendas de segunda mano o de beneficencia, siempre supe que me querían. Nunca seré un padre ausente para mis hijos. Formaré parte de su vida y estaré a su lado cuando me necesiten.

Se dio la vuelta para volver a mirar a Nicole.

—Esa es mi forma de querer, Nicole, con todo lo que soy. Y así te quiero. Te pedí que te casaras conmigo sin entender del todo cuánto puede querer un hombre a una mujer, pero lo aprendí cuando me dejaste. Lo eres todo para mí, y tenía que demostrártelo, aunque eso implicara olvidarme de todo lo que he defendido hasta ahora.

—Eso es todo: sencillamente, te quiero.

Nicole siguió sentada. Estaba aturdida. Lo que le acababa de decir era todo menos sencillo. Le había demostrado cómo era en realidad. Ella lo había rechazado y no se había dado por vencido.

No era la misma persona que la había llevado premeditadamente a aquella casa un mes antes, alguien dispuesto a chantajearla por un fin de semana de placer salvaje, con el único objetivo de hacer daño a su padre. Había cambiado. Al Nate de antes no se le hubiera ocurrido la idea de fusionar ambas empresas para crear una más potente.

El nuevo Nate la quería, la amaba de verdad.

Ella también había cambiado, porque ya no tenía miedo de corresponderle. Se levantó y se situó frente a él.

–Te creo –susurró con voz temblorosa de amor por él, un amor que por fin reconocía en él y en ella.

Le acarició la mejilla.

–Yo también te quiero.

El sonido que Nate emitió fue en parte humano y en parte otra cosa. Giró la cara para besarle la palma de la mano.

–Es más de lo que me merezco –afirmó con la voz entrecortada.

–Nos merecemos mutuamente. Ninguno de los dos es perfecto, pero juntos tal vez podamos eliminar la parte mala y dejar la buena. Quiéreme, Nate. Quiéreme para siempre.

–Puedes estar segura.

Se sacó las manos de los bolsillos y la tomó en sus brazos para llevarla al dormitorio del que ya tenían tantos recuerdos. Se desnudaron lentamente el uno al otro mientras se besaban y acariciaban la piel que iba quedando desnuda. Como si fuera la primera vez: un viaje de descubrimiento.

Cuando ya no pudieron esperar más, Nate se tumbó sobre ella y fue a agarrar un preservativo.

Nicole le detuvo la mano.

–Sin preservativo –afirmó–. Quiero que lo que suceda de ahora en adelante en nuestra vida sea natural. No deseo que haya barreras entre nosotros.

–¿Estás segura? –preguntó él mientras ella le acariciaba las nalgas y los fuertes músculos de la espalda. Le encantaba su fuerza y que fuera todo suyo.

–Totalmente –susurró ella mientra levantaba la cabeza para buscar su boca y demostrarle con un beso todo lo que sentía en aquel momento.

Cuando él la penetró, supo que había tomado una decisión acertada. Nunca lo había sentido igual dentro de ella, ardor contra ardor, solo él y ella.

Nate comenzó a moverse y Nicole lo siguió. Los gritos de placer de ella se intensificaron mientra él los llevaba a un lugar donde únicamente existían ellos dos.

Después permanecieron abrazados como si fueran una sola persona. Cuando su respiración se hubo calmado, Nicole alzó la mano y le acarició la cara. Nunca lo había querido tanto como en aquel momento.

–¿Crees que habríamos terminado así si nuestros padres no se hubieran peleado?

Él sonrió.

–¿Quién sabe? Me gusta pensar que sí. Sé que no hay nadie en el mundo para mí, salvo tú.

–¿Por qué crees que ella lo hizo?

–¿Quién?

–Mi madre. ¿Por qué crees que ha mentido a mi padre durante todos estos años? Abrió una brecha entre las dos familias sin pensárselo dos veces.

–¿Estás segura de eso?

–Mi padre no me lo ha contado todo, pero me

ha dicho que sus mentiras fueron la causa de lo que pasó.

Nate se tumbó de espaldas sin dejar de abrazarla.

–Supongo que fue la instigadora. Tal vez estuviera contrariada por todo el tiempo que Charles le dedicaba a la empresa. ¿Quién sabe? No es de extrañar que él reaccionara como lo hizo al sentirse traicionado por su mejor amigo.

–Pero que ella haya dejado que transcurran tantos años… No lo entiendo. ¿Por qué lo haría?

Nate la apretó contra sí mientras se juraba que nada volvería a separarlos.

–Es evidente que era muy desgraciada. Lamento que no llegara a tener lo que tenemos nosotros, pero no vamos a consentir que nos lo estropee.

Le besó el pelo.

–Perdóname por lo que te he hecho, Nicole. Me engañé al creer que si te ofrecía todo lo que creía que querías, estarías contenta y te quedarías conmigo. Debí haber comprendido que te merecías mucho más.

–Menos mal que ya lo has entendido, ¿no? –murmuró ella mientras se ponía encima de él.–. Porque espero mucho de este amor.

–Creo que soy el hombre adecuado para la tarea –Nate sonrió mientras su cuerpo se endurecía dentro de Nicole al comenzar ella a balancearse lentamente. La agarró por las caderas para que parara y la miró con mucha seriedad–. Nicole, lo digo en serio. ¿Me perdonas por lo que te hice?

–Pues claro, Nate. Ya está perdonado. Los dos hemos hecho cosas que lamentamos.

–Pero hay una de la que nunca me arrepentiré –afirmó mientras la seguía sujetando para que no se moviera–. Y es haberte conocido. Me has abierto los ojos y me has enseñado a querer con todo el corazón. Te casarás conmigo, ¿verdad?

–Sí. Te quiero, Nate, y me casaré contigo.

–Eso está bien, porque no me gustaría nada volverte a secuestrar.

Ella se echó a reír mientras sus músculos internos lo aprisionaban. Nunca había sido tan feliz ni se había sentido tan plena. La seguridad, el amor y el reconocimiento que había anhelado durante toda la vida los tenía allí, con aquel hombre especial. Hasta ese momento, el camino que habían hecho juntos no había sido fácil, pero no había nada en la vida que lo fuera. Lo sabía perfectamente. Y también sabía que lo amaba y que el futuro sería mejor teniéndolo a su lado.

Deseo

El destino del jeque
OLIVIA GATES

Rashid Aal Munsoori había encontrado su destino. Pero para reclamar el trono de Azmahar necesitaba a Laylah Aal Shalaan. Seduciéndola derrotaría a sus rivales y, si conseguía que le diera un heredero, tendría el control absoluto sobre su tierra natal.

Laylah, por su parte, siempre había amado a Rashid en secreto. El jeque tenía cicatrices por dentro y por fuera, pero eso hacía que lo quisiera aún más... hasta que descubrió sus intereses ocultos. A lo mejor nunca volvería a confiar en su amante, ¿pero cómo iba a abandonar al padre de su futuro hijo, un bebé destinado a unir para siempre dos reinos del desierto?

¿Era seducción sincera?

¡YA EN TU PUNTO DE VENTA!

Era una atracción imposible…

El millonario Vito Barbieri tenía un vacío inmenso en su corazón desde que Ava Fitzgerald le había robado lo que más amaba, la vida de su hermano. Tres años después del trágico accidente, Ava salió de la cárcel sin más posesión que unos cuantos recuerdos confusos de aquella noche, de su encaprichamiento con Vito y de lo humillada que se había sentido cuando él la rechazó.

Una mañana, Vito descubrió que la empresa que acaba de adquirir había contratado a Ava Fitzgerald y, naturalmente, decidió vengarse. Pero sus planes dieron un giro inesperado cuando el deseo se cruzó en el camino.

Inocencia probada

Lynne Graham

Su primera vez

NATALIE ANDERSON

Roxie se había visto obligada a crecer muy rápido, así que se había perdido muchas primeras veces. Ahora, con una lista de seis puntos pendientes, estaba preparada para empezar con el más importante: ¡perder la virginidad! A su nuevo vecino, el atractivo médico Gabe Hollingworth, le gustaban las aventuras de una noche… ¡y era un bombón! A lo mejor él podía ayudarla… Sin embargo, Gabe quería ser algo más que solo un punto conseguido en su lista de cosas pendientes y le propuso un reto que ella  no podría aceptar: escapar de la química que había entre ellos.

¡Necesitaba experiencia!

¡YA EN TU PUNTO DE VENTA!